COLLECTION FOLIO

Robert Charles Wilson

YFL-500

suivi de

Le mariage de la dryade

Traduit de l'américain
par Gilles Goullet

Denoël

Ces nouvelles sont extraites de *Mysterium. Romans et nouvelles*
(coll. « Lunes d'encre », Éditions Denoël).

Titres originaux :

YFL-500
THE DRYAD'S WEDDING

Robert Charles Wilson est né à Whittier en Californie en 1953, mais il vit à Toronto au Canada, dont il a acquis la nationalité. En vingt ans, il s'est imposé comme l'un des chefs de file de la science-fiction canadienne. Au travers de ses nouvelles, publiées dans les prestigieux *Magazine of Fantasy and Science Fiction* et *Isaac Asimov's Science Fiction Magazine*, puis de ses romans, il s'est attaché à créer des univers étranges et exotiques dans lesquels évoluent des personnages d'une grande authenticité. Ses intrigues à l'apparente simplicité semblent destinées à égarer le lecteur dans un jeu de faux-semblants.

Wilson a écrit notamment *Darwinia, BIOS* — dont la nouvelle *Le mariage de la dryade* est la suite —, *Mysterium* et *Les Chronolithes*, ambitieuse variation sur le thème des paradoxes temporels. Le roman *Spin*, publié en 2005, a été couronné aux États-Unis par la plus haute distinction de la science-fiction, le prix Hugo, et en France par le prix de l'Imaginaire. Ce roman, qui a conquis le grand public français, entraîne le lecteur dans un futur lointain qui reste néanmoins familier : la Terre a été coupée du reste de l'univers par une mystérieuse barrière opaque à l'extérieur de laquelle le temps s'écoule des millions de fois plus vite. *Axis* est le deuxième volet de cette trilogie, parue dans la collection « Lunes d'encres », aux Éditions Denoël.

Découvrez, lisez ou relisez les livres de Robert Charles Wilson :

ANGE MÉMOIRE (Folio SF n° 303)

BIOS (Folio SF n° 80)

BLIND LAKE (Folio SF n° 349)

DARWINIA (Folio SF n° 151)

LA CABANE DE L'AIGUILLEUR (Folio SF n° 391)

LES CHRONOLITHES (Folio SF n° 293)

LES FILS DU VENT (Folio SF n° 199)

LE VAISSEAU DES VOYAGEURS (Folio SF n° 240)

MYSTERIUM (Folio SF n° 405)

SPIN (Folio SF n° 362)

YFL-500

Il connaissait d'elle son nom et quelques détails saillants. C'était une bohème sans emploi ni adresse fixe qui vivait près des quais, dormait chez des amis, dans les recoins obscurs des usines d'aibots ou bien, quand le temps le permettait, dans une tente sur la plage. Elle ne gagnait pas d'argent, se contentant de son allocation de chômage, mais — et ce fut l'une des premières choses qu'il remarqua — portait des vêtements teintés de couleurs vives et des bijoux aussi voyants que coûteux, ce qui aurait peut-être dû lui mettre la puce à l'oreille, mais il n'en fut rien.

Depuis plus d'un mois, Gordo descendait chaque jour à Chômeville à sa recherche, en se faisant simplement passer pour un artiste relativement aisé venu s'encanailler avec les chômeurs volontaires. Tous les matins, au sortir d'un sommeil sans rêves, il quittait son élégant et onéreux appartement pour plonger jusqu'à Chômeville par les profondeurs colonnaires de la ville. Il n'y mentionnait pas le nom de la bohème, n'osant rien de si évident, mais se lia sans tarder d'amitié avec les esthètes (ceux qui voulaient l'être et ceux qui auraient voulu l'être encore) qui constituaient une si grande partie de la population de Chômeville, et tendit alors l'oreille en permanence. Il lâchait son propre nom en guise de carte de visite. « Gordo Fisk », annonçait-il, la main tendue, et il lui arrivait d'obtenir en réponse un sourcil levé exprimant qu'on le reconnaissait, jalousait ou méprisait. Oui, *ce* Gordo Fisk-là. Le transreprésentationnaliste. Celui ayant connu une brève célébrité, oui. Même si cette réaction se produisait de moins en moins souvent.

Outre son nom, il savait uniquement d'elle qu'elle avait séjourné à la clinique du Sommeil Bonnuit au début du printemps 2110, c'est-à-dire trois ans plus tôt. Comme il ne pouvait pas dire carrément le nom de la fille, il orientait la conversation sur la clinique Bonnuit. De fait, beaucoup de monde à Chômeville y avait déjà séjourné, non à cause de troubles du sommeil, mais parce que la clinique était bien située et avait conduit jusqu'à la fin de l'année précédente un programme de recherche dans le cadre duquel elle remettait une somme généreuse aux volontaires acceptant de dormir dans un lit à monitoring le crâne relié à des appareils. Une nuit de travail peu contraignant et un moyen sympa d'obtenir de l'argent de poche quand la gratuité de la nourriture et de l'hébergement ainsi que les allocations de consommation garanties par la Rationalisation ne semblaient pas suffire tout à fait.

Son nom finit par apparaître dans la conversation. Elle s'appelait Iris Seawright, et Gordo ne tarda guère à se retrouver sur une plage à la forte odeur d'air salé d'où les bastions en béton des usines marémotrices évoquaient des châteaux à cheval sur l'horizon bleu. En cette fin de journée, un rassemblement informel de bohèmes sans emploi avait entrepris de faire un grand feu. Ils empilaient le bois et les autres débris abandonnés par la marée pendant que des aibots de la sécurité publique voletaient au-dessus de leurs têtes avec une inquiétude toute maternelle. À la lueur du soleil couchant, les aibots volants semblaient des oiseaux marins d'améthyste ou d'ambre.

Iris Seawright sortit d'une tente de chanvre vert en se protégeant les yeux, et Gordo, encore éloigné de quelques mètres, comprit tout de suite qu'il l'avait trouvée. On la lui avait décrite, bien entendu, mais il pensait qu'il l'aurait reconnue quand même. Elle était tout ce qu'il avait imaginé, mais en plus précis, en plus *personnifié*, pour ainsi dire. Elle n'était pas particulièrement grande ni petite, avec un visage délicat bruni par le soleil. Elle portait des tissus vaporeux qu'agitait le vent du large, et ses cheveux dorés noués par un ruban se balançaient négligemment dans son dos. Ses bagues brillaient. Ses yeux aussi.

Le cœur de Gordo se mit à battre deux fois plus vite tandis qu'il essayait de garder son calme. Après tout, il la cherchait depuis bien longtemps. Elle, ou une espèce de sentiment de sa propre authenticité.

Trois ans plus tôt, Gordo s'était rendu à la clinique Bonnuit pour avouer un secret honteux et chercher un remède.

Le médecin qu'il vit ce jour-là, le Dr DuBois, avait le même âge que lui. Le Dr DuBois l'introduisit dans une des salles d'entretien ouvrant dans le luxueux vestibule. La clinique Bonnuit s'occupait, à grands frais, des soucis des bien portants. La Rationalisation garantissait des soins médicaux à tous ceux en ayant besoin, mais pour avoir le privilège d'être soigné par un médecin humain, et non par un de ces aibots compétents mais sans affect qu'employaient les hôpitaux de rue, il fallait payer. Bizarrement, les plus coûteux de ces services se spécialisaient dans le traitement des problèmes banals ne menaçant pas votre existence. Voyez une machine pour votre appendicite, et un être humain pour votre âme. C'est du moins ce que disaient les gens, là-haut dans les niveaux ensoleillés de la ville.

Le problème de Gordo n'était pas physique, pas tout à fait, mais pas complètement spirituel non plus. Maintenant qu'il avait pris son courage à deux mains pour se rendre à la clinique, il trouvait extrêmement difficile de passer aux aveux.

« Vous ne dormez pas bien, l'encouragea le Dr DuBois.

— Voilà… enfin… en un sens.

— Vous hésitez à vous confier à moi ? Croyez-moi, M. Fisk, il n'y a pas de quoi avoir honte. Je vois chaque jour des gens souffrant du même problème que vous, je n'en doute pas, si vous voulez bien m'expliquer en quoi il consiste. Vous n'arrivez pas à trouver le sommeil ? Les médicaments ne vous font aucun effet ? Des cauchemars ? Un malaise existentiel ? »

Pour tout cela, Gordo aurait consulté un médecin ou neurologue aibot. Mais il y avait des choses qu'on ne voulait tout simplement pas avouer à une machine. Cette finesse de sentiment était sans aucun doute ce qui assurait une clientèle au Dr DuBois.

« Je ne rêve pas », avoua Gordo en manquant s'étouffer sur les mots.

Le médecin ne manifesta ni désapprobation ni dégoût. Pourquoi le ferait-il ? La honte de Gordo lui était personnelle, liée à sa situation, à son passé.

« Vous rêvez très probablement, fit-il avec amabilité, mais vous ne vous en souvenez pas, voilà tout. Les rêves ne se laissent pas facilement attraper, M. Fisk. Ils sont fuyants par nature. Ils répondent rarement à nos attentes.

— Je ne rêve pas ou je ne me souviens pas de mes rêves… cela revient au même, mais je crois vraiment ne pas rêver du tout, Dr DuBois, c'est l'impression que j'ai, même si je ne peux rien prouver.

— Ce doit être perturbant. J'ai pourtant des patients qui pourraient vous envier, eux qui souffrent de terribles cauchemars. »

Le Dr DuBois se montrait objectif, le poussait à relativiser. Gordo haussa les épaules. Il aurait adoré avoir un cauchemar. Il aurait organisé une fête en son honneur.

« Eh bien, dit le Dr DuBois, nous pouvons certainement collaborer avec vous, M. Fisk, à l'identification et au traitement de votre problème, mais avant toute chose, puis-je vous demander ce que vous trouvez de si gênant à cette absence de rêves ?

— Je suis artiste. »

Le médecin haussa les sourcils. « Fisk ? Cela me rappelle les créateurs de la série sur le mont Merapi… mais vous êtes sûrement trop jeune…

— Tomas Fisk était mon père. » Et Arcela Fisk ma mère, aurait-il pu ajouter. Tous deux avaient réalisé l'installation sur le mont Merapi… ainsi que des dizaines d'autres œuvres d'art statique moins grandioses.

Gordo avait été initié dès son enfance à l'art statique, acceptant bien volontiers et avec enthousiasme le rôle d'héritier que semblaient vouloir lui faire endosser ses parents, puis, à leur retraite, leurs admirateurs impatients. Sauf qu'à maintenant trente ans, il n'avait réalisé que des installations publiques soignées mais quelconques, commandées par des entreprises et des municipalités davantage intéressées par son nom vendeur que par le produit final. Transreprésentationnaliste comme ses parents, Gordo n'avait toutefois obtenu pour son œuvre que de tièdes applaudissements, et son statut dans le mouvement était fragile. Il avait surpris, dans des inaugurations de galeries et des fêtes chic, des conversations le tournant en dérision.

Pis encore, ou source de ce problème, il n'arrivait pas à rêver. Il avait grandi dans un foyer et une communauté qui appréciaient tout ce que la nature humaine comptait d'invisible ou de mystérieux, que les aibots (supposait-on) ne partageaient pas. Les visions, l'excentricité, la folie non violente, les voyages hallucinatoires, les quêtes oniriques... et les rêves ! Ses parents détaillaient et commentaient les leurs au petit déjeuner. Enfant, Gordo participait de lui-même et avec enthousiasme à ces conversations, et son père comme sa mère avaient loué la vivacité et le clinquant de ses fantasmes de jeunesse. Mais les rêves s'étaient taris à la puberté, réduisant Gordo au silence ou à d'embarrassantes inventions. Il ne pouvait se résoudre à dire : « Je ne rêve plus, mes nuits sont noires, des océans continus de néant, je reste inconscient huit heures et m'éveille en sachant que j'ai dormi, mais je ne rêve plus. » Il arrivait à peine à se l'avouer, même maintenant. Cela aurait été reconnaître ne rien avoir en lui, se limiter à un récipient vide ayant laissé s'échapper tout son contenu visionnaire.

Il expliqua cela au Dr DuBois en rougissant et en baissant les yeux.

L'air morne, le médecin sembla réfléchir. « Merci de votre franchise, dit-il ensuite. Je comprends, maintenant. Nous allons nous occuper de vous, M. Fisk, et découvrir ce qui ne va pas. Ensuite, nous corrigerons le problème. »

Gordo fut ravi de l'entendre.

Il observa Iris Seawright à la dérobée en contournant le feu. Il ne voulait pas l'effrayer, il refusait que leur rencontre ne semble pas naturelle. La nuit tomba pendant qu'il l'observait, et il y eut le bruit des vagues léchant le littoral, la marée apportant des bribes et des morceaux du monde d'avant le déclin de la population et la Rationalisation : objets en plastique coûteux en ressources, carafes et bouteilles blanchies par le sel qui semblaient les carcasses blêmes de crabes d'une espèce éteinte. Les aibots de la sécurité publique voletaient toujours avec ostentation au-dessus de leurs têtes, montant la garde pour s'assurer que les flammes ne se propageaient pas, esquivant les étincelles qui montaient du feu de bois. Il y avait des conversations et des chants, et Gordo vit des gens disparaître à deux ou trois derrière une digue en béton pour aller faire l'amour dans le noir et sur le sable. Iris, constata-t-il avec plaisir, si elle écoutait la musique et bavardait avec ses amis, ne se mêlait guère aux autres. Elle dégageait une certaine impression de solitude.

Elle finit par s'installer sur un tronc à distance confortable du feu, le visage transformé en enivrant patchwork par la lueur des flammes et de la lune, parmi un groupe de personnes avec qui Gordo s'était récemment lié d'amitié. Il s'approcha d'un pas nonchalant et salua d'un hochement de tête les visages connus. On les présenta vite l'un à l'autre. Gordo Fisk, Iris Seawright. Ravi(e). Le refrain des données biographiques : Gordo est artiste. Artiste *à succès.* Il vit dans les niveaux ensoleillés, il est transreprésentationnaliste, tu as peut-être entendu parler de lui.

Iris, qui n'avait pas encore prononcé plus d'une phrase, pencha vers lui sa tête parfaite : « Non. Ce nom ne me dit rien.

— Iris ne s'intéresse pas à l'art, intervint quelqu'un d'autre. C'est une des originales d'origine.

— Une vraie bohème chômeuse, précisa une seconde voix.

— Elle fait ce qui lui plaît.

— Un esprit libre.

— Qui va où le vent la porte. »

Et cætera. Gordo ignora toutes ces incantations, car Iris lui souriait. Elle tapota le tronc à côté d'elle et il s'assit, aux anges.

Il n'avait jamais douté qu'elle serait belle.

Bien entendu, il n'avait obtenu aucune garantie sur ce point. Comme l'avait dit un jour le Dr DuBois : « Elle pourrait être n'importe qui. » Le code sur son fichier n'avait permis de savoir que son sexe. Elle aurait pu être une enfant. Ou une vieillarde courbée et pliée par les ans. Elle aurait pu être affreusement laide. On ne pouvait pas dire.

Mais Gordo avait su, d'une manière inexplicablement puissante, qu'elle serait belle. Il se souvint que son père disait souvent (majestueusement, comme il disait la plupart des choses, prononçant une vérité fondamentale) : « Si rien ne vaut un beau rêve, Gordo, rien ne peut valoir un bel esprit. »

Aussi avait-il su que l'esprit d'Iris, au moins, serait beau. Mais il s'était douté que le reste aussi. Il s'était attendu à sa jeunesse et à sa légèreté, à l'absence de peur dans son regard, voire aux rides de curiosité et (peut-être) de joie aux coins de ses paupières.

Il écarta toutefois ces pensées et se contenta de lui parler, de mener le seul genre de discussion possible entre deux étrangers, de bavarder du temps, de la nuit, des étoiles, tandis qu'il mémorisait son aspect et qu'elle de son côté l'évaluait, leurs regards se croisant à un moment, l'instant suivant, elle regardait ses chaussures ou ses vêtements, détournait le regard vers la nuit et la mer. Elle parlait d'une voix légère et musicale, usait d'un vocabulaire simple, d'une grammaire et d'une syntaxe sans la moindre complexité. Elle agitait les mains en parlant, illustrant ses phrases comme avec deux oiseaux jumeaux entraînés dans ce but.

Il l'avait su, il l'avait su.

Prudemment, sans vouloir brusquer quoi que ce soit mais conscient qu'ils avaient rompu la glace, il l'invita à dîner le lendemain soir. Elle accepta, dit que ce pourrait être sympa. Passe demain soir, dit-elle.

« Où ? s'enquit-il.

— Oh, ici. Je serai dans le coin. Je te guetterai. »

Le Dr DuBois avait pratiqué sur Gordo un test complexe afin de déterminer la cause de sa fugue anonirique… de son absence de rêves. Le test se déroulait ainsi : Gordo se rendait à l'heure convenue à la clinique Bonnuit, où on le coiffait d'un casque à inducteurs neurologiques du modèle le plus récent et le plus sensible, avant de lui administrer une potion hypnagogique pour l'endormir et de l'installer dans un lit à monitoring en attendant que celle-ci agisse. Il demanda si le médicament le *ferait* rêver : il avait essayé d'autres substances censées avoir cet effet, mais sans le moindre résultat.

« Non, répondit le Dr DuBois, elle ne sert qu'à vous endormir et à comprimer l'équivalent d'une nuit de huit heures en deux fois moins de temps : elle ne fait rien ni pour favoriser, ni pour empêcher le sommeil paradoxal. Comment vous sentez-vous, pour le moment ?

— Eh bien... j'ai envie de dormir », admit Gordo. Ses membres s'étaient alourdis et il éprouvait une indifférence apathique envers son corps, le médecin, la pièce, ses sensations, envers quoi que ce soit. Le Dr DuBois prononça des paroles rassurantes et Gordo ne tarda pas à s'endormir, ce dont il n'eut pour seule preuve qu'il s'éveilla à nouveau.

« Aucun rêve », signala-t-il.

Il avait dormi les quatre heures réglementaires sous l'influence du médicament. Entre-temps, le Dr DuBois avait interrogé des patients, déjeuné à l'extérieur, écrit l'introduction d'un article destinée à une revue scientifique et regagné le chevet de Gordo. « Nous allons voir ça », promit-il.

Ils passèrent dans un cabinet de consultation où DuBois effectuait déjà une collation des résultats de la séance. Des chiffres défilaient sur l'écran du moteur analytique du praticien, suivis par quelque chose qui intéressa davantage Gordo : un patchwork de couleurs élémentaires, pour l'essentiel du gris, du bleu et du noir, qui se séparaient et se rejoignaient comme de l'huile sur de l'eau.

Le Dr DuBois étudia ces résultats. La séquence ne sembla pas durer plus d'une minute. Le médecin la fit passer deux fois en fronçant les sourcils.

« Qu'est-ce que c'est ? voulut savoir Gordo.

— Vos quatre heures de sommeil. Vues de l'intérieur. Les appareils que vous portiez sur la tête ont enregistré votre activité cérébrale. Ce sont des machines extrêmement sensibles, M. Fisk. Elles peuvent repérer la décharge ou l'inhibition d'un neurone, le flux et le reflux de tout un alphabet de neurotransmetteurs, l'activité ou l'inactivité de synapses individuelles et de canaux ioniques. Elles savent à quel endroit du cerveau se produisent ces événements et leur signification en termes macroscopiques et comportementaux. Elles font la différence entre colère et douleur, entre rire et chagrin, entre amour et haine. Toutes ces choses et mille autres sont condensées en nombres et représentées schématiquement en temps comprimé.

— Transreprésentées », dit Gordo, car telle était la démarche artistique du mouvement transreprésentationnel : transformer des données du monde réel en belles abstractions.

« En un sens, convint le Dr DuBois, en un sens.

— Et ça peut détecter quand je rêve ? »

Le médecin hésita longuement. « Oui.

— Et j'ai rêvé ? »

Un autre temps d'arrêt. « Non. »

Ce qui ne surprit pas Gordo.

« Mais ce n'était qu'un test isolé, dit DuBois.

Vous n'avez pas rêvé *cette fois-ci.* La plupart des patients rêvent, mais dans votre cas… eh bien… »

Gordo regarda les couleurs évoluer et se dissoudre sur l'écran. « Et donc, à quoi ressemble un rêve, si ce qu'on voit là n'en est pas un ?

— Tenez… je peux vous montrer un exemple, si vous voulez. »

Il fouilla dans son bureau jusqu'à retrouver un dossier auquel était fixée une mémoire numérique qu'il inséra dans l'un des ports du moteur analytique. L'écran se remplit aussitôt d'un filigrane nacré, avec de subtils motifs cachemire et des développements de fractales néon.

Gordo observa cela les yeux écarquillés. Puis il jeta un coup d'œil au dossier. Un code d'identification y figurait : YFL-500.

Gordo arriva sur la plage à l'heure convenue, mais il y soufflait un vent glacé porteur d'un crachin régulier et intermittent : il craignit qu'Iris ne se montre pas. Il attendit à l'abri d'un contrefort tandis que le temps passait et passait encore. Sur la mer, des cargos aibots avançaient sous des nappes de pluie comme des villes grises sans fenêtres. Gordo avait quasiment abandonné tout espoir et s'apprêtait à regagner les ascenseurs intra-urbains lorsqu'il aperçut un tourbillon magenta derrière un mur de soutènement : sa cape. Il courut vers elle, tout souriant et frissonnant.

« Tu es mouillé », constata-t-elle, et il répondit : « Ça ira. Merci d'être venue. J'y comptais. Tu as faim ? Où veux-tu manger ?

— Choisis. Un endroit sympa. »

Un endroit dans les quartiers chic, voulait-elle dire. Un endroit qu'elle ne pouvait se permettre avec son indemnité chômage. Eh bien, c'était une demande raisonnable. Il entendait bien lui faire passer un bon moment. Aussi rangea-t-il sa cape de pluie dans son sac à dos et l'emmena-t-il par les ascenseurs dans une artère commerciale de qualité où il avait découvert l'année précédente un restaurant de style éthiopien. C'était un endroit calme et sombre, au personnel entièrement humain. L'essentiel des tâches ingrates de préparation de nourriture se voyait généralement assuré (comme toutes les autres corvées) par des aibots, aussi le personnel du restaurant devait-il presque à coup sûr toucher un salaire fabuleux pour conférer cette ultime allure *biologique* à l'ambiance 100 % naturel. Ce qui se ressentait dans les prix portés sur le menu, au vu desquels Iris écarquilla joliment les yeux. Cela ne gênait pas Gordo. Il se réjouissait de lui offrir cela : elle le méritait, même s'il ne pouvait montrer son admiration, de peur qu'elle ait des doutes sur ses intentions. Même si celles-ci étaient aussi pures que la glace arctique — enfin, relativement pures —, il ne voulait pas les révéler trop vite. Il craignait de l'effrayer.

Il l'interrogea sur sa vie.

Elle raconta avoir vu le jour dans une grande famille quelque part au sud d'Eugène, dans l'Oregon, famille dont tous les membres se satisfaisaient de vivre du chômage. L'automatisation de l'économie, avec le Système Expert Entrepreneurial qui guidait et gouvernait la production ainsi que l'échange machine/machine, lui avait offert une enfance idyllique. Personne ne manquait de nourriture, de logement, ni de revenu suffisant pour lui permettre de remplir son rôle de consommateur (et donc d'unité perceptible dans le calcul global des relations commerciales). Iris avait reçu de l'instruction — elle savait lire et écrire — mais sans jamais avoir été érudite en quoi que ce soit, et sa vie spirituelle, précisa-t-elle, consistait en un désir profond de ne pas rester trop longtemps au même endroit. « J'aime bouger, affirma-t-elle.

— C'est donc vrai, ce qu'on disait sur toi à la plage. Tu es un esprit libre.

— Ouais, faut croire. » Elle haussa les épaules. « Quoi que ça puisse vouloir dire. »

Gordo ne fut pas le moins du monde déçu

qu'Iris ne soit ni une intellectuelle ni une artiste. Cela valait peut-être même mieux. Toute trace de conscience de soi aurait gâché son irréprochable authenticité. Après tout, ce n'était pas le contenu de son esprit qu'il en était venu à aimer, mais sa fécondité brute.

« Bon, c'est ennuyeux de parler de moi, fit-elle remarquer en buvant un peu de vin. Et toi ? T'es célèbre, il paraît ?

— Pas du tout. Je fais de l'art statique, Iris. Aucun artiste statique n'accède vraiment à la célébrité, du moins à celle que connaissent les vedettes de la vidéo et les auteurs de romans à sensation. On doit pouvoir dire que je suis connu dans certains milieux. »

Elle sourit avec coquetterie. « Dans certains milieux. Hum. Tu peins des tableaux ?

— Non. Je crée des objets.

— Quel genre d'objets ?

— Je suis transreprésentationnaliste. Tu dois savoir ce que ça signifie.

— Les gens de Chômeville en parlent. Je n'y ai jamais beaucoup fait attention. Tu crées des choses qui en représentent d'autres.

— Je re-représente des données sous forme d'abstractions agréables. »

C'était la définition du dictionnaire, plutôt exacte si on laissait une certaine latitude au terme

« agréable ». L'important était que le jeu de données original provienne du monde physique — du cycle de taches solaires, par exemple, ou des micro-ondes générées par les étoiles variables, ou (comme dans l'installation de ses parents sur le mont Merapi) des courbes d'ondes sismiques d'un volcan frémissant. Le travail de l'artiste consistait à reconfigurer les données d'une manière frappante sur le plan visuel ou tactile, de les reconfigurer en art. D'y déceler des motifs, même (ou surtout) des motifs sans signification : des déviations accidentelles du hasard, sans valeur scientifique mais extrêmement utiles comme ligne, contour ou couleur. De ciseler une beauté abstraite dans l'austère rocher de la science.

C'était quelque chose que les aibots ne faisaient pas, par conséquent quelque chose de rare et de non répétable, vertus d'un produit aussi purement humain qu'une perle est purement huître.

« Et ça te rapporte de l'argent ? demanda Iris en pliant un morceau d'injera sur une cuillerée de cari au chevreau.

— De temps en temps, oui.

— J'aimerais voir une de tes, euh, choses.

— Ça peut se faire, répondit-il en dissimulant son enthousiasme. Mon œuvre la plus connue est exposée non loin d'ici.

— À quoi elle ressemble ?

— Je ne peux pas vraiment la décrire. À une colonne de 60 cm de large sur 2,40 m de haut. Comme de l'eau ou de la glace… mais ni eau ni glace.

— Elle parle de quoi ? Je veux dire, quel jeu de données y avait-il à l'origine ? Sur quoi l'as-tu basée ?

— C'est un secret, dit Gordo sans pouvoir s'empêcher de sourire.

— Bon, et comment s'appelle-t-elle ?

— YFL-500. »

La thérapie ne donna rien. Les médicaments ne donnèrent rien. L'insoluble absence de rêves de Gordo frustra le Dr DuBois. C'était une frustration avec laquelle Gordo avait quant à lui vécu chaque jour de sa vie d'adulte.

« De toute évidence, dit le médecin, toutes les fonctions physiologiques du sommeil se déroulent correctement. On détecte même ce qu'on pourrait appeler des *traces* de rêves, le cerveau effectuant le genre de nettoyage et d'époussetage nocturne qui nous garde sains d'esprit. Ce qu'il vous manque, M. Fisk, c'est le vocabulaire habituel d'images et la narration relâchée qu'un profane associe au mot “rêve”.

— C'est bien ce que je pensais », affirma Gordo.

Il s'était rendu à cinq reprises à la clinique. À cinq reprises, on l'avait endormi afin d'enregistrer dans ses moindres détails l'activité de son cerveau endormi. Pour aboutir, à cinq reprises, au même résultat : obscurité neurologique indifférenciée.

Et chaque fois, en guise de comparaison, Gordo avait demandé à voir les convolutions et fulgurances kaléidoscopiques du fichier marqué YFL-500. Le médecin y avait consenti, sentant peut-être que Gordo ne tirerait pas d'autre satisfaction de cette coûteuse consultation. « Est-il *caractéristique* ? demanda Gordo.

— Plus caractéristique que vos productions, M. Fisk, mais en réalité, il se situe plutôt à l'autre bout de l'échelle… si l'on se représente l'intensité du rêve sur une échelle linéaire. »

Il s'était justement représenté cela. « De qui provient-il ?

— D'un volontaire. Participant à notre étude préliminaire.

— Quel volontaire ?

— Je ne peux pas vous le dire. Je suis tenu par des accords de confidentialité.

— Puis-je en avoir une copie ?

— Je ne vois pas à quoi cela vous servirait. Le fichier ne contient en fait que des nombres. Pour le voir de cette manière, il faut trier les données selon l'algorithme approprié.

— Ce n'est pas un problème. »

Gordo imagina le mouvement des rouages dans la tête du médecin. « Que voulez-vous dire, M. Fisk… Que vous envisagez d'en tirer de l'*art*?

— Je collectionne des jeux de données de tous genres, répondit Gordo avec humilité.

— Mais comme je vous l'ai dit, il y a le problème de la confidentialité…

— Vous pouvez effacer tout ce qui concerne l'individu source. Je ne veux ni noms ni détails, juste le matériau brut et anonyme.

— Je vois. Irrégulier. Mais, mmh, pas méchant, je suppose, du moment que vous vous abstenez de publier les données brutes et d'utiliser le nom de la clinique. » Peut-être pensait-il, là encore, que cela lui ferait au moins un souvenir, quelque chose à retirer d'un processus onéreux incapable de fournir un remède ou quoi que ce soit d'approchant.

« Je serai très prudent », promit Gordo.

Il n'avait pas encore pris la pleine mesure d'Iris Seawright, mais il en avait assez vu pour comprendre qu'il ne pourrait jamais être comme elle : spontanée, simple, et, à un certain niveau, visionnaire. Elle le regarda avec admiration tandis qu'ils montaient en ascenseur collectif bondé jusqu'à la galerie exposant depuis peu quelques œuvres transreprésentationnalistes. Rien de prestigieux, car il n'était plus un artiste particulièrement prestigieux, mais assez respectable pour faire payer l'accès à son vaste et luxueux hall. Après des débuts décevants, la carrière de Gordo avait culminé avec YFL-500, unanimement considéré comme un chef-d'œuvre. Ses productions suivantes avaient suscité quelque intérêt, mais si l'on traçait la courbe de sa carrière, celle-ci ne présentait qu'un et un seul pic, et Gordo ne savait toujours pas vraiment s'il devait ce pic à sa propre inspiration ou, en fin de compte, à celle d'Iris.

« Oh ! mon Dieu ! » murmura cette dernière lorsqu'ils entrèrent dans la galerie des Arts statiques, cathédrale au plafond de verre mise en valeur par la lueur de la lune et patrouillée par des aibots grands comme des enfants, vêtus d'habits de cérémonie et dotés d'yeux énormes. « Putain, c'est vraiment sympa ! »

Il n'y avait pas de barrières de classe en cette époque de Rationalisation, des snobismes de toutes sortes, oui, mais pas de barrières littéralement impossibles à franchir. Iris aurait pu venir là (comme dans n'importe quelle galerie ou musée du même genre) n'importe quand. Nombre de ses amis de Chômeville ne s'en privaient pas, même si, artistes ambitieux et sans succès, ils adoptaient en général une attitude dédaigneuse et méprisante. Gordo se réjouit qu'Iris fasse exception.

Il y avait là des statues, sculptures, peintures transreprésentationnalistes plus ou moins sophistiquées. *Les Voix du Temps* de Moses Bolden dominaient l'immense pièce, tirées d'une carte de variations dans le rayonnement fossile cosmique. Deux visiteurs nocturnes s'y tenaient au pied, bouche bée. C'était une œuvre très admirée, mais Gordo n'y voyait rien qu'une suite de symboles ésotériques gravés dans un hémisphère luminescent, plus idiosyncrasique que belle, et banale dans sa laborieuse impression de mystère. Mais les ravissants yeux d'Iris s'écarquillèrent lorsque la structure rayonna en demi-tons de bleu et d'azur. S'il n'aimait pas trop cette œuvre, il appréciait qu'elle plaise à Iris. Et ressentait une pointe de jalousie. « C'est toi qui l'as faite ? demanda la jeune femme.

— Non.

— Alors laquelle est la tienne ? Montre-la-moi.

— On est venus pour ça, Iris. »

Il la conduisit au bout du couloir courbe et cintré. À l'exception des endroits où les œuvres d'art étaient convenablement éclairées, la galerie baignait tout entière dans la pénombre. L'averse de début de soirée étant passée, ils voyaient sur leur droite, derrière la paroi de verre, un croissant de lune briller au-dessus des canyons et des sommets de la cité. La politesse des aibots de surveillance impressionna Iris. « J'imagine que c'est ce qui fait la différence entre Chômeville et les quartiers chic. Par ici, les aibots gardent leurs distances.

— La voilà », annonça Gordo, soudain nerveux.

Iris s'arrêta net. Il l'avait guidée exprès de cette manière, afin qu'elle soit surprise par YFL-500 plutôt que de l'assimiler de loin. On avait placé l'œuvre dans un virage de la galerie dans ce but précis, en défi au plafond de verre et aux étoiles.

Gordo se découvrit incapable de parler. Il avait longtemps réfléchi à cet instant, l'avait longtemps espéré et redouté. Et voilà que ce moment venu, il se bloquait comme une machine défaillante.

« Hum ! » finit par dire Iris.

Que voulait-il d'elle ? Des louanges ? Non. Aucune louange ne lui était due. En réalité, il avait espéré qu'elle reconnaisse l'œuvre, qu'elle ressente inconsciemment une sorte de lien de parenté avec elle.

Iris fit lentement le tour d'YFL-500, suivant ses filigranes et dentelles internes, l'audace de sa structure. Elle tendit la main comme pour l'effleurer, la retira. « Ouaouh… comment t'as fait ça ?

— C'est une question de… eh bien, sur le plan technique, chaque microcouche de cristaux, et chaque cristal dans chacune des couches, est polarisé de manière à réfracter ou absorber la lumière. La polarisation est binaire… c'est du code, et l'intervalle entre la base et le sommet représente une échelle de temps. Cela représente un événement…

— Lequel ? »

Il hésita. Il avait l'impression de flotter au bord d'un immense gouffre. « Je ne l'ai jamais dit à personne…

— Eh bien, tu n'es pas obligé, si tu veux garder le secret.

— C'est un rêve », dit-il, presque ébahi par sa propre audace.

« Un rêve ? Vraiment ? Un vrai rêve fait par quelqu'un ?

— Un rêve enregistré par une machine neurologique très sensible. Mais c'est devenu une œuvre artistique parce que j'ai trouvé le *récit* dans les données. Tu le vois, Iris ? Pris dans le cristal ? Comme une ombre cachée par un arc-en-ciel. Il commence au sommet, par ce spectre de clarté, puis palpite, se dilate et se contracte selon sa propre logique, avant de disparaître, tout en bas, dans le chaos, dans la lumière fracturée.

— Comme un prisme, dit Iris.

— Oui, en un sens, mais…

— C'est *ton* rêve ? Un rêve que tu as fait ?

— Je ne rêve pas », avoua Gordo à voix haute pour la seconde fois de sa vie. Il se sentait engourdi, léger comme l'air.

« Dommage, dit Iris avant de regarder une nouvelle fois YFL-500 d'un air songeur. En tout cas, c'est très joli. »

Gordo ne pouvait absolument pas raconter à Iris à quel point ce travail avait été difficile et exigeant.

Il avait emporté le fichier binaire YFL-500 dans son studio avec une impatience farouche. Ce qu'il avait vu sur l'affichage du moteur analytique du Dr DuBois était déjà, grossièrement, une transreprésentation. Bien que brute et ridiculement littérale, elle laissait entrevoir les richesses potentiellement contenues dans le fichier. C'était des données complexes, mais (comme un rêve) pas complètement aléatoires, et Gordo y lut un ordre muet : sculpte ma beauté dans cette pierre de nombres. Rends tangible ce qui se cache derrière le pouvoir des mots.

Il fouilla six mois dans ces données avant de commencer à en reconnaître les accords majeurs et mineurs. Empiler des cristaux polarisés, c'était son idée. Il avait commandé ses outils à un aibot prototypeur, tenté trois fois une interprétation, et échoué trois fois à atteindre l'effet qu'il visait.

Tout en travaillant, il ne pouvait s'empêcher de spéculer sur l'origine des données, sur le rêveur du rêve. Le Dr DuBois avait parlé d'un jeu de données « particulièrement riche et vif », mais *n'importe quel rêve* ne pourrait-il pas produire une espèce de beauté étrange de ce genre ? (À part le produit de son propre sommeil gris.) Gordo soupçonnait que non. Et imaginer cette hypothétique rêveuse — il aurait presque mis sa main au feu qu'il s'agissait d'une femme — lui permit enfin de donner à son œuvre la cohérence nécessaire.

En temps voulu, la sculpture terminée apparut en public. Gordo la baptisa YFL-500 d'après le numéro du dossier Bonnuit et refusa de divulguer l'origine de ses données. L'œuvre n'attira tout d'abord pas particulièrement l'attention, mais la nouvelle se répandit bientôt parmi les critiques et ceux qui faisaient l'opinion, puis, ensuite, parmi le public instruit des choses de l'art. On parla d'une nouvelle et remarquable orientation pour un artiste dont on avait trouvé les œuvres précédentes trop peu imaginatives pour l'estimer capable de créer quoi que ce soit de valeur durable. On fit à nouveau sur lui de tels éloges, vagues mais véritables, que Gordo ne tarda pas à commencer à se considérer comme un véritable artiste.

Il finit par retourner voir le Dr DuBois.

« Je n'ai toujours pas de thérapie pour les gens qui ne rêvent pas, l'avertit le médecin, à moins que vous ne veniez pour un autre problème ? De l'insomnie, peut-être ?

— En fait, répondit Gordo, je voudrais d'autres données. »

D'autres rêves. D'autres matériaux bruts. Les plus complexes possibles, expliqua-t-il.

« Mais c'est contraire à la déontologie, protesta le Dr DuBois.

— Pas plus que la première fois.

— Quand même… même en effaçant les noms et les détails, ces mesures nous ont été confiées. On nous les a données dans un but spécifique, un but de recherche. Cédées par contrats. Si quelqu'un découvrait qu'elles ont servi à du divertissement public…

— Ce n'est pas vraiment public », contra Gordo. *Et pas vraiment du divertissement non plus,* ajouta-t-il en pensée.

« Cette œuvre que vous avez créée a pourtant dû vous rapporter de l'argent, non ?

— Elle m'en a rapporté, oui. Mais le plus important…

— Dans ce contexte, ne devrait-il pas me revenir de décider ce qui est important ? Ce que vous cherchez, me semble-t-il, c'est un associé passif.

— J'imagine. »

Le Dr DuBois attendit. Gordo évalua son silence. « Vous voulez une compensation pour le risque.

— Nous pourrons régler les détails plus tard », dit le médecin.

Au moment où ils quittèrent la galerie, Iris lui demanda où il habitait.

« Quelques niveaux plus haut, répondit Gordo. Pas loin. Tu veux monter boire un verre ?

— Ouais, répondit Iris, j'aimerais bien. »

Il ouvrit la porte et laissa entrer la jeune femme avec une excitation croissante. Une excitation pas uniquement sexuelle, même si elle l'était indéniablement aussi. Iris semblait consentante, et la perspective de faire l'amour à la source d'YFL-500 était presque insupportablement alléchante. Mais il prenait presque autant de plaisir à se trouver simplement en sa compagnie, dans un endroit aussi privé que son appartement. Gordo était quelqu'un de privé, dans l'ensemble. Seuls ses amis les plus intimes lui avaient rendu visite chez lui. Iris était-elle une amie intime ? Pas encore. Mais il existait entre eux une espèce d'intimité non dite, l'espace partagé de son esprit inconscient, dont il était tombé amoureux depuis longtemps… ce quelle ignorait, bien entendu.

Et peut-être en viendrait-il à lui demander d'autres intimités.

« Supersympa, comme endroit, dit Iris en jetant sa cape de pluie sur le dossier d'un canapé.

— Il me plaît bien. Surtout la vue. »

Elle s'approcha de la fenêtre, qui constituait un des murs de l'appartement. Au soleil, cela aurait donné au monde extérieur une apparence de forêt ombragée d'habitats en à-pic, de jardins de toit, de turbines, de ruches à aibots en excroissances de béton. La nuit, la fenêtre avait une transparence de cristal. Ils revirent le croissant de lune, pâle comparé aux lumières scintillantes montant de la ville. Des aibots lucioles filaient entre les grands bâtiments, des drones-cargos passaient au-dessus de la ville avec une aisance légère comme l'air.

Iris jeta un coup d'œil rapide à la vue avant de parcourir la pièce en s'arrêtant pour admirer telle ou telle des possessions de Gordo.

Il possédait quelques antiquités et quelques œuvres contemporaines de valeur. Elle marqua un temps d'arrêt près d'une table en acajou exposant le seul de ses objets réalisé par son père. Elle le prit dans ses mains — de manière un peu cavalière, trouva Gordo — pour l'examiner.

« Un coquillage, dit-elle.

— Pas tout à fait. Le jeu de données d'origine était l'enregistrement de l'impact des vagues sur une plage du Pacifique. Il a été rendu comme une suite de Fibonacci... d'où l'apparence de coquille en spirale. Une petite plaisanterie.

— C'est une plaisanterie ?

— D'une certaine manière. Tiens-le à la lumière. »

Elle obtempéra : un vague son sortit de l'ouverture en pavillon.

« Il emmagasine l'énergie photonique pour la restituer en vibrations mécaniques. Le son reflète les données d'origine.

— La mer ! » s'exclama Iris avec un grand sourire.

Gordo hocha la tête. L'objet lui avait toujours paru affreusement évident, presque un gadget. Mais même en tant qu'œuvre mineure de Fisk senior, elle valait une belle somme en salle des ventes, davantage que toutes ses œuvres à lui, à part YFL-500.

Elle reposa le coquillage et s'intéressa tour à tour à une sculpture en verre signée Bekaa, à une lampe Tiffany vieille de deux siècles et à un Eberhardt sous cadre.

« Tu dois être foutrement riche », dit-elle.

Il haussa les épaules.

« Et t'es mignon, aussi. T'as quelque chose à boire ? »

Bonne idée. Gordo avait la bouche sèche. « Un verre de vin ?

— Le vin est une antiquité aussi ?

— Dans ce cas, on parle de millésime.

— Bon millésime ?

— Pas mauvais.

— Ça m'ira », dit-elle en s'installant sur le canapé et en défaisant un bouton de son chemisier.

Il y avait eu d'autres rêves, d'autres œuvres. YMG-004. YFX-037. EMG-200. Les fichiers du dessus du panier, lui assura le Dr DuBois. Des rêves voyants et vifs, des rêves subtils et complexes. Gordo en avait fait des œuvres d'art, de bonnes œuvres, professionnelles, attirantes.

Mais malgré tous ses efforts, aucune ne possédait la verve et la couleur d'YFL-500.

« Peut-être cela vient-il du rêveur, avança le Dr DuBois, et non du rêve. »

Gordo y avait déjà songé. « J'aimerais rencontrer la femme à l'origine d'YFL-500.

— Pourquoi pensez-vous qu'il s'agit d'une femme ?

— Une intuition. Une envie.

— Un rêve éveillé ? »

Gordo sourit tristement. « On pourrait dire ça.

— Eh bien, vous avez raison. C'est bien une femme. »

Le pouls de Gordo s'accéléra. « Je croyais que cette information était confidentielle.

— Tout ce que je vous raconte, dit le Dr DuBois en se penchant sur son bureau pour fixer Gordo d'un regard éloquent, je vous le raconte sous le sceau du secret. D'accord ? »

Gordo hocha la tête.

« Et cela restera secret ?

— Bien entendu.

— À vrai dire, pour le moment, notre partenariat a été moins lucratif que je ne l'espérais.

— J'ai fait tout ce que j'ai pu…

— Oh, je comprends, M. Fisk. » Ils étaient toujours « M. Fisk » et « Dr DuBois » l'un pour l'autre, malgré l'intimité de leur arrangement financier. « Je ne vous reproche absolument rien. Je ne peux toutefois m'empêcher de penser que si nous avions accès à la *source originale* d'YFL-500, nous pourrions trouver un second souffle.

— Que voulez-vous dire ? Que vous voulez reprendre contact avec elle ? La faire revenir à la clinique ?

— Non ! Je ne veux pas avoir le moindre contact avec elle. Cela me rendrait vulnérable sur le plan légal… et j'aimerais pouvoir continuer à exercer la médecine. Non, je pense que c'est *vous* qui devriez la contacter.

— Et ensuite ?

— Voyez ce qui arrive. Vous n'êtes pas curieux ? »

Douloureusement curieux. La seule raison pour laquelle il n'avait pas suggéré cette démarche au Dr DuBois était qu'il l'imaginait scandaleuse pour lui. Il aurait dû se douter de sa flexibilité éthique : il en avait largement eu la preuve.

« Elle est plus jeune que vous, et d'un rang social inférieur. C'est une bohème chômeuse, et je n'ai pas d'adresse fixe pour elle. Mais je peux vous la décrire.

— J'imagine qu'elle est belle, dit Gordo.

— Pas mal.

— Les cheveux ? Courts, longs ?

— Longs, noués dans le dos. Du moins quand elle est venue nous vendre un rêve il y a trois ans.

— Mais même si je la retrouve, cela ne résoudra pas notre problème.

— Dans l'idéal, vous ne vous contentez pas de la *retrouver*. Vous devenez amis. Vous devenez proches. Assez proches pour arranger l'enregistrement d'un autre rêve, ou de deux, ou davantage.

— Pour la convaincre de venir vous voir, vous voulez dire ?

— Non, non… Comme je vous l'ai indiqué, je ne veux aucun contact direct avec elle. Mais pour enregistrer l'activité cérébrale nocturne, on n'a pas besoin d'un équipement aussi volumineux que celui dont nous nous servons ici. En fait, j'ai prototypé des instruments inductifs bien plus discrets. Des instruments qu'on pourrait placer dans un oreiller, par exemple. Ou dans un bois de lit.

— Pour enregistrer ses rêves à son insu ? N'est-ce pas criminel ?

— Je n'ai jamais entendu dire qu'on ait poursuivi quelqu'un en justice pour cela. Appelez-le comme vous voulez, M. Fisk. Faites-le ou non. Je vous dis juste que je peux vous fournir les outils nécessaires. Et son nom. Ne voulez-vous pas au moins savoir son nom ? »

Au deuxième verre, Iris s'était débarrassée de son chemisier diaphane et avait posé les pieds sur la table de salon en acajou de Gordo. La table était une antiquité. Les antiquités, tout comme la thérapie, ne pouvaient être fabriquées par les aibots. C'était une table coûteuse. Gordo trouva les pieds d'Iris parfaits, posés de cette manière.

Des pieds exquis, pensa-t-il. Petits, pâles, sans défaut. Pas fabriqués non plus par des aibots.

« Ç'a été sympa, Gordo, dit-elle. Vraiment sympa. Merci. »

Gordo but une gorgée de vin en se demandant s'il ne lui montait pas à la tête, sans doute à cause de la fatigue. À moins qu'il ne fût fatigué parce que le vin lui montait à la tête. Ou autre chose. Il essaya de rassembler ses pensées. Iris semblait disposée à rester : devait-il enregistrer ses rêves dès ce soir ? (Si du moins ils dormaient.) Ou attendre une autre fois, en supposant qu'il *y ait* une autre fois ? L'avenir semblait radieux sur ce plan. Peut-être valait-il mieux oublier pour le moment le dispositif espion du Dr DuBois. Faire l'amour pour le plaisir. Pour la perfection d'Iris.

Non, pas la perfection. Ce n'était pas la perfection qu'il voulait ou espérait. Iris Seawright semblait d'ailleurs un peu simple d'esprit, ou du moins peu cultivée. Mais avec des émotions profondes. Il le savait : il avait vu ce qu'il y avait en elle. Il lui avait érigé un monument longtemps avant de faire sa connaissance.

Elle se nicha dans son épaule et posa la main sur sa cuisse.

« Comment tu te sens ? demanda-t-elle.

— Un peu pompette, avoua-t-il.

— Ouais. Ça commence comme ça.

— Quoi donc ? »

Elle se leva sans répondre. Gordo resta assis. Se lever ne lui disait rien, de toute manière.

« À ton avis, Gordo, lequel de tes petits objets a le plus de valeur ?

— De valeur ?

— Si on voulait le revendre. Un *petit* objet. Pas comme, disons, un bien immobilier. Quelque chose qu'il y a dans ton appartement. Quelque chose de transportable. »

Gordo se demanda pourquoi elle posait cette question mais se retrouva à répondre à nouveau, avec honnêteté : « Le coquillage Fibonacci. Et ensuite… le psautier sur la cheminée, j'imagine. Il est en argent, et très ancien. Pour le reste… quelques-uns des meubles.

— Plus petits que des meubles », dit Iris en remettant son chemisier, l'air curieusement professionnelle, sans paraître affectée par le vin (encore que Gordo n'arrivait pas à comprendre comment deux petits verres pouvaient lui faire autant d'effet)…

Il ouvrit la bouche et répondit en détail aux questions, comme à celles d'un expert d'assurances. Elle demanda ensuite : « Et un sac, genre sac à dos, tu as ça ? »

Il répondit aussi à cette question. Elle était d'une beauté presque insupportable, aux yeux de Gordo, tandis qu'elle se déplaçait avec méthode dans l'appartement, rassemblant les possessions de Gordo et les jetant dans son vieux sac de randonnée. Il ne voulait pas fermer les yeux, de peur de ne plus arriver à les rouvrir. Il comprit qu'elle l'avait drogué.

« Qu'est-ce que tu m'as donné ? demanda-t-il.

— Relax. C'est le même truc qu'on te donne à la clinique Bonnuit pour te faire dormir. On est pas mal, sur la plage, à y être allés vendre des rêves. Et piquer une dose ou deux quand les docteurs avaient le dos tourné.

— Tu m'as drogué ? Pour pouvoir me voler ?

— Je ne considère pas ça comme du vol, répondit Iris.

— Comme quoi, alors ?

— Comme des droits d'auteur. »

Gordo resta muet pendant ce qui dura une minute ou une heure. Ses pensées perdaient de leur cohérence. « Comment as-tu su ? finit-il par demander.

— Eh bien, pas besoin d'être un génie pour arriver à cette conclusion. YFL-500, c'est le code qu'ils ont mis sur mon dossier à la clinique.

— Tu as… bonne mémoire.

— "Quasi eidétique", m'a dit une prof un jour. Avant de m'expliquer la signification d'"eidétique". Elle m'a dit que si je me souciais un tant soit peu de travailler à l'école, je pourrais devenir un grand savant. Sauf que se souvenir n'est pas la même chose que comprendre.

— C'est peut-être pour ça. Que tu fais des rêves si vifs.

— Possible. » Elle haussa les épaules. « Alors c'était bien mon rêve, hein ? Transformé en œuvre d'art. Ouaouh. »

Gordo hocha vaguement la tête. Ouaouh. Il la regarda fourrer dans le sac à dos le coquillage Fibonacci que lui avait légué son père. « Inutile de le voler, affirma-t-il. Tout est micromarqué. Et cette œuvre est connue. Si tu essayes de la mettre en vente...

— Qui a parlé de vendre ? C'est un *cadeau*, Gordo, pas vrai ?

— Non », dit-il, sans défense.

« Eh bien, porte plainte, alors. On ira au tribunal. Mais je serai peut-être obligée de parler d'YFL-500, et de la clinique, et du médecin à qui tu donnes sûrement de l'argent. De mes motifs et tout ça. »

Gordo se serait enfoncé plus profond dans le canapé s'il l'avait pu.

« Ne t'inquiète pas, dit-elle. Tu vas bientôt dormir. Mais avant, j'aimerais bien savoir : pourquoi moi ? Tu ne pouvais pas voler le rêve de quelqu'un d'autre ?

— Pas aussi bon. J'ai essayé.

— Ou un de tes rêves ? Oh, c'est vrai. Tu ne rêves pas. » Gordo réfléchit à cette affirmation et elle prit son expression pour de la tristesse. « Ne sois pas si dur avec toi-même, bordel. Tu t'en sors bien. Les données sont juste des données, pas vrai ? »

Elle avait semblé belle. Elle *était* belle. Il ne pouvait se débarrasser de cette illusion. Elle était d'une beauté non superficielle, mais profonde. D'une beauté invisible. Il avait cru en celle-ci. Il y avait désespérément cru. Cette beauté avait semblé si réelle.

Il ferma les yeux.

« Bonne nuit, mon chou, dit Iris. Tu rêveras peut-être, cette fois.

— Mais je l'ai fait. » Même les yeux fermés, il la voyait. La vision d'elle. La vision qu'il avait créée, même si cela ne lui correspondait pas tout à fait. C'était, s'aperçut-il, une transreprésentation, très réussie, belle et délicate, qu'il se désola de perdre, car voilà qu'elle lui échappait, qu'elle se perdait dans la lumière du matin.

« Je l'ai fait », dit-il, ou essaya-t-il de dire. « J'ai rêvé, dit-il en son absence. J'ai rêvé de toi. »

Le mariage de la dryade

Chaia Martine avait dix-neuf ans. Sept jours plus tard, elle allait épouser l'homme avec qui elle avait déjà été mariée, dans une autre vie. Et elle pensait ne pas aller bien du tout.

Pas de la manière habituelle. Elle avait en réalité trente-cinq ans. Elle s'en sentait seize de moins parce que dix-neuf ans auparavant, lors d'une violente tempête estivale, la chute d'un arbre lui avait fracturé le crâne. Elle avait passé une heure dans les eaux gonflées de la rivière Cuivre avant l'arrivée des secours, et perdu à ce moment-là trop de dure-mère et de tissus cérébraux pour qu'on puisse sauver sa mémoire. La clinique de Villehumaine avait réparé son corps, mais pas son esprit. Chaia avait à nouveau dû porter des couches et réapprendre à marcher comme à parler, les nanobactéries lui ayant reconstruit un hémisphère cérébral à partir de cellules souches fœtales issues des réserves médicales de la colonie. Elle avait frôlé la mort, puis connu une deuxième naissance, délicate, douloureuse. Oui, c'était sûrement *cela* qui n'allait pas chez elle. (Et qui causait bien assez de problèmes comme ça, pensa-t-elle.)

Cela n'expliquait toutefois pas pourquoi il lui arrivait d'entendre la voix de la forêt l'appeler par son nom. Et encore moins la manière dont les araignées s'étaient rassemblées pour former la silhouette d'un homme.

Cet incident avec les araignées s'était produit dans une clairière d'une colline surplombant la Cuivre, désormais paisible rivière aux berges encombrées de hordes d'épidonts broutant tranquillement herbe et faux lis. Chaia adorait ce spectacle, du moins à la fin d'un placide été isien. (Elle était inévitablement nerveuse, saisie d'une peur physiologique fondamentale, chaque fois que les pluies des montagnes blanchissaient et accéléraient la rivière.) La clairière était l'un des endroits personnels de Chaia, un endroit où elle venait chercher la solitude, loin de la cohue et des attentes déroutantes de Villehumaine, loin du mystère persistant de son ex- et futur mari, Gray McInnes. En se mettant debout, elle voyait la rivière se dérouler comme un ruban bleu sans défaut dans les prairies de l'Ouest.

Elle était en grande partie enfermée dans

cette clairière, enveloppée d'ombre verte. Chaia n'avait pas et n'avait jamais eu peur de la forêt isienne. Où qu'elle aille, les télésenseurs gardiens, de la taille d'un moucheron, volaient à vingt mètres autour d'elle, établissant un périmètre de sécurité. Ils la préviendraient si un animal dangereux — un triraptor ou un mineur — approchait trop près, le piqueraient et le mordraient s'il essayait de la poursuivre.

Il y avait des insectes isiens dans la clairière, et même en très grand nombre, mais les insectes ne dérangeaient pas Chaia. Sa peau exsudait des phéromones qui repoussaient les espèces les plus dangereuses. Si l'un d'eux parvenait toutefois à la piquer, son système immunitaire amélioré neutraliserait sans tarder le poison. En fait, elle s'était habituée aux insectes de la clairière, dont elle avait étudié quelques espèces durant ses cours sur la biosphère et la taxonomie. Elle passait souvent tranquillement l'après-midi là à observer simplement les insectes : les zénits noirs, qui ressemblaient à de minuscules bonshommes pompeux de bande dessinée occupés à faire rouler de poisseuses boules de spores fongiques, ou les mouches diogènes aux sacs de pollen évoquant de minuscules lanternes victoriennes.

Les araignées étaient moins visibles, mais tout aussi nombreuses. On les appelait ainsi à cause de leur ressemblance avec ces petits animaux terrestres que Chaia n'avait jamais vus (ou ne se rappelait pas avoir vus, même si elle avait passé sur Terre une partie de sa vie perdue). On aurait dit des billes couleur rouille, grosses comme un bouton et munies de nombreuses pattes radiales. Ces araignées, moissonneuses, découpaient des fragments de feuilles pour les rapporter dans leurs nids terrestres, pyramides se dressant à peu près à hauteur de cheville sur le sol de la forêt.

En général, Chaia ne remarquait pas les araignées, qui circulaient entre les feuilles mortes et les roseaux verts avec la légèreté de pensées vagabondes, mais ce jour-là, nombreuses et actives, elles semblaient se disputer son attention. Chaia s'assit sur un tronc et, fascinée, les observa s'avancer parmi les mousses filaires humides pour s'assembler en masses pâles et s'accrocher les unes aux autres.

Chaia supposa que ce comportement inhabituel reflétait un événement d'une importance considérable dans l'univers des araignées, comme un accouplement collectif ou la fondation d'une nouvelle colonie. Elle leva les pieds pour ne pas déranger par inadvertance les complexes évolutions des créatures.

Une brise venue de l'ouest agita les longues feuilles de brellas au-dessus de sa tête. On attendait Chaia à Villehumaine pour le dîner (et pour une répétition de mariage à la chapelle universaliste), mais il lui restait encore deux heures. Son après-midi lui appartenait, et elle comptait le passer à ne pas faire quoi que ce soit d'utile ou de productif. Elle observa le rassemblement des araignées dans la clairière, d'un œil d'abord distrait puis de plus en plus intéressé, jusqu'à ce qu'il devienne évident qu'elle assistait peut-être à quelque chose de pas tout à fait normal.

L'activité fiévreuse des araignées la fascinait toutefois. Elles affluaient dans la clairière de plusieurs directions et plusieurs nids à la fois, comme si elles défilaient. Elles évitaient systématiquement Chaia mais se regroupaient devant elle en nappes semblables à de la dentelle, s'empilant les unes sur les autres jusqu'à ce que la masse combinée de leurs corps pâles prenne une teinte de verre fumé et s'élève, grouillante, à une hauteur atteignant la moitié de la taille de Chaia.

Inquiète mais pas encore terrorisée, celle-ci se leva avec précaution et recula d'un pas. La masse des araignées réagit, modifiant ses frontières jusqu'à prendre la forme approximative (et la peur de Chaia commença alors à grandir) d'un être humain. Les araignées avaient fait un homme. Enfin, pas exactement, mais du moins une forme humaine, ni homme ni femme, juste une vague ébauche de torse, de bras, de tête. Cette dernière constituait la partie la plus détaillée de la sculpture-araignée, avec ses ombres rondes en guise d'yeux et la pâle protubérance du nez.

Chaia s'apprêtait à prendre la fuite quand la chose-araignée ouvrit sa bouche incertaine pour lui parler.

D'une voix très faible, comme si l'amas d'insectes avait emprisonné un certain volume d'air dans une espèce de poumon troué et exhalait des souffles humides à travers des cordes vocales faites de parties d'insectes ou de roseaux secs. Était-elle la seule à l'entendre ? Elle estima cela possible. Mais la chose-araignée parla, et le plus horrible pour Chaia fut qu'elle reconnut sa voix.

Elle ne l'avait pas entendue depuis longtemps. Mais elle l'avait souvent entendue plus jeune, dans les bois, dans ses rêves. Chaia l'appelait la voix de la forêt parce qu'elle n'avait pas de vrai nom et n'en parlait jamais parce qu'elle savait, d'une manière ou d'une autre, qu'elle ne devait jamais en parler.

« Chaia », murmura la chose-araignée.

La chose connaissait son nom. La chose avait toujours connu son nom. Elle l'avait prononcé depuis les arbres agités par le vent, depuis les flots ondulés de la Cuivre. Chaia sentit un malaise dans cette voix, une angoisse, un besoin non satisfait.

« Chaia », dit la chose-araignée. (Dit la voix de la forêt.)

Rien de plus. Cela suffit.

La masse à silhouette humaine commença alors à perdre forme, à s'effondrer, à redevenir un simple ensemble d'araignées, de milliers d'araignées coulant comme de l'eau à ses pieds, et elle crut entendre la voix dire : « Non, pas comme ça, pas ça. » Chaia essaya de répondre, de dire *quelque chose,* parce que produire un son ne pourrait manquer de dissiper l'hallucination (c'en était *forcément* une) et de rétablir d'un coup la forêt dans la réalité. Mais elle avait la gorge aussi sèche et vide d'air qu'une pièce hermétiquement fermée. Son courage s'effrita : elle fit demi-tour et partit en courant, dévala la colline jusqu'à retrouver le sentier de Villehumaine, suivie, comme des moustiques agités par un nuage, de télésenseurs gardiens, courut tout le reste du chemin avec la forêt qui lui chantait aux oreilles, certaine qu'elle n'allait pas bien, qu'il y avait au fond d'elle quelque chose de définitivement brisé… et comment pouvait-elle envisager d'épouser Gray McInnes, comment avait-elle même pu y songer, alors qu'elle n'était sans doute même pas saine d'esprit ?

Villehumaine avait été fondée un siècle auparavant, au fond de l'arrière-pays recouvert d'arbres du Grand Continent occidental. Cela avait été la première colonie humaine à réussir vraiment à s'établir sur Isis. Même si ce n'était pas la première colonie humaine à proprement parler.

Il y avait eu des êtres humains sur Isis plus d'un siècle auparavant. À l'époque où les grands Trusts gouvernaient la Terre, où le reste du Système solaire se constituait d'une mosaïque de républiques indépendantes (Mars, les astéroïdes, les lunes uraniennes et les kibboutz de la ceinture de Kuiper), où un seul lancement interstellaire consommait une partie significative du produit économique brut du système. On était venu sur Isis parce qu'elle figurait parmi les quelques planètes biologiquement actives accessibles et parce que, par sa taille, sa masse, son climat et son atmosphère, elle ressemblait de manière très tentante à la Terre.

Sauf qu'Isis était toxique.

Et même mortelle. Sa biosphère avait évolué bien davantage que celle de la Terre, et sans les dépérissements massifs ayant périodiquement ponctué l'évolution terrestre. L'écologie isienne était profondément complexe, basée sur la prédation et le parasitisme. Les équivalents isiens des virus, bactéries et prions ne faisaient qu'une bouchée de toute matière organique terrestre non protégée. D'un point de vue isien, les êtres humains ne représentaient rien d'autre qu'une réserve ambulante de savoureuses protéines à longue chaîne attendant passivement de se faire dévorer.

Les premiers colons — des savants habitant le cœur stérile d'installations entourées de plusieurs enceintes de protection biologique — avaient sous-estimé la vigueur de la biosphère isienne. Ils étaient morts. Jusqu'à la dernière des milliers de personnes de la station orbitale isienne, quand leurs défenses avaient été percées. Si belle fût-elle, Isis était aussi une meurtrière.

Les humains n'étaient revenus sur cette planète qu'un siècle plus tard, après que l'effondrement de l'oligarchie des Trusts avait laissé la place à un gouvernement terrestre plus modéré.

Un humain sans protection ne pouvait toujours pas survivre plus de quelques minutes dans la biosphère isienne. Mais les protections s'étaient faites plus subtiles, moins encombrantes. Ainsi Chaia bénéficiait-elle de prothèses de système immunitaire regroupées en sacs autour de son aorte abdominale ainsi que d'innombrables corrections génétiques ayant renforcé ses barrières cellulaires contre l'invasion isienne. Avec des mises à jour périodiques, elle pouvait vivre là indéfiniment.

Elle avait l'impression d'y vivre depuis toujours. À la différence des bébés nés à Villehumaine, elle n'était pas une véritable Isienne, puisqu'elle avait vécu une autre vie sur Terre. Mais cette vie-là était perdue pour elle : elle ne se souvenait que d'Isis. Elle connaissait par cœur les forêts et plateaux autour de Villehumaine car ils étaient son berceau et son foyer. Elle connaissait la faune. Elle connaissait la petite ville elle-même, presque trop bien. Et elle connaissait les gens.

Elle savait qu'il n'y avait personne à qui elle pourrait parler des araignées.

Villehumaine s'était développée au-dessus d'une courbe en S de la rivière Cuivre, terre-plein labouré ponctué de simples structures issues des fabricateurs Turing. On l'avait protégée des animaux dangereux par une clôture, mais celle-ci reconnut Chaia et s'ouvrit pour la laisser passer (en carillonnant « Bienvenue, Chaia Martine ! » par l'intermédiaire d'un sonopoint invisible). Chaia réprima son angoisse en foulant la poussière de la rue principale. Elle passa devant l'abri technologique, où Gray McInnes écrivait des protocoles de Turing pour les robots assembleurs et où elle fut bizarrement soulagée de ne pas le voir. Elle longea le centre de santé où sa mère-trauma Lizabeth Chopra et une demi-douzaine de substituts paternels sous la forme de thérapeutes et de médecins avaient veillé sur ses cinq premières années. Elle dépassa la chapelle universaliste, où tous les croyants, sauf les juifs orthodoxes et les mormons réformés, se rassemblaient chaque semaine pour un office religieux… puis fit demi-tour, sonna au presbytère et dit au père Gooding d'annuler la répétition prévue dans la soirée. Elle affirma ne pas se sentir bien. Non, rien de grave. Une migraine. Elle avait juste besoin de s'allonger.

Elle remonta ensuite la rue principale, dépassa l'avenue Reyes où se trouvait son propre et modeste abri personnel, redescendit une petite allée traversant un bosquet de brellas cultivés dans lequel des enfants jouaient avec des robots mentors aux couleurs vives, et, à sa propre surprise, repartit dans la nature sauvage de l'autre côté de la clôture.

Le crépuscule était paresseux, sur Isis. Les couchers de soleil s'éternisaient. La forêt s'épaissit d'ombres tandis que Chaia marchait. Elle manquerait le dîner à la cuisine municipale, mais peut-être le père Gooding s'excuserait-il pour elle.

Cela n'empêcherait pas Gray McInnes (le merveilleux, patient et tenace Gray) de la chercher. Il ne la trouverait pas chez elle, mais elle ne pensait pas qu'il en serait extrêmement surpris.

Chaia partait souvent se promener en forêt, elle y avait même passé quelques nuits. Après tout, ses télésenseurs la protégeaient et les ordinateurs de Villehumaine sauraient la localiser en cas de besoin. Gray la suivrait-elle dans la forêt ? Non, se dit-elle, peu probable. Il comprenait son besoin périodique de solitude. Il comprenait toutes ses manies. Si Gray avait un défaut, c'était celui de toujours comprendre. Cela laissait penser qu'il la considérait toujours comme une sorte d'invalide, comme la Chaia Martine originale qu'il avait épousée sur Terre à l'époque, mais souffrant simplement d'une perte de la mémoire à long terme.

Sauf qu'elle n'était pas cette Chaia Martine-là. Juste la somme de ce qu'elle avait été sur Isis… et de quelques improbables illusions.

Elle suivit un vieux sentier qui serpentait jusqu'aux contreforts surplombant la colonie humaine et la rivière. Elle n'avait pas de destination en tête, du moins pas consciemment, mais marcha plus d'une heure, et lorsqu'elle émergea de sa rêverie, elle vit des lumières au loin. D'éblouissantes torches portables, bien plus brillantes que le soleil couchant. C'était un site de recherche isolé, une colonie de mineurs abandonnée où l'écologiste planétaire Werner Eastman avait excavé un nid d'anciens tunnels.

Elle sortit des bois dans un tumulte de lumières et de bruit.

La plus grande partie du gros œuvre avait été effectuée par des robots de construction et d'extraction. Les énormes machines jaunes parcouraient encore le site, sectionnant la terre avec une délicatesse peu conforme à leur taille et à leur bruit imposants. Elles triaient ce qu'elles découvraient, excrétant des silex ébréchés et émiettant des cailloux dans d'élégants plateaux en métal ajouré.

Werner et ses deux apprentis auraient dû en avoir terminé pour la journée, mais semblaient absorbés par leur travail, ainsi groupés sous un abri de polyplex autour d'une découverte de choix. Chaia se contenta de rester au bord de l'excavation, les yeux baissés, depuis la frontière en à-pic, sur une succession de tunnels réséqués semblable aux traces de vers de calcaire. Une brise fraîche emmêla ses longs cheveux.

Werner dut la remarquer à un moment ou à un autre, car lorsqu'elle sortit de ses pensées et releva les yeux, il se tenait près d'elle et la regardait avec un peu d'inquiétude. « Salut, Chaia. Tu es venue jeter un coup d'œil ?

— Pas vraiment. Je voulais juste… marcher.

— Il est un peu tard pour cela, non ? Tu vas rater le dîner.

— Je me sentais nerveuse. »

Elle aimait bien Werner Eastman. C'était un ancien d'Isis, dévoué à son travail. Grand, les tempes grisonnantes après au moins deux cycles de réjuvénation, il était plus âgé que Villehumaine elle-même, bien qu'encore jeune selon les normes terriennes. Il avait été l'un de ses substituts paternels.

Ils avaient pris de la distance, depuis quelques années. Werner désapprouvait son mariage avec Gray McInnes, estimant que celui-ci profitait d'elle, tirait avantage de son précédent mariage avec cette autre Chaia Martine, celle morte dans la rivière Cuivre. Gray voulait que tout redevienne comme avant, selon Werner. Chaia pensait qu'il n'avait pas forcément tort. Mais elle ne pouvait ni oublier ni ignorer les nombreuses attentions de Gray. Et après tout, il avait été le seul à la courtiser durant sa brève nouvelle vie. Le seul à n'avoir été ni rebuté ni ne serait-ce que désarçonné par son étrangeté, son maladroit état intermédiaire.

Werner n'avait toutefois pas de mauvaises intentions et sa sollicitude avait toujours touché Chaia, même lorsqu'elle la considérait déplacée.
« Toi aussi, tu travailles tard, dit-elle.

— Oui. Il faut dire qu'on a trouvé un truc très intéressant, tout au fond. Tu veux voir ? »

Elle accepta, mais par pure politesse. Qui, à part des spécialistes, pouvait trouver intéressants ces vieux tunnels de mineurs ? Elle voyait régulièrement, déambulant avec de grossières lances au bout de leurs bras manipulateurs, les créatures qu'on appelait ainsi. Il leur arrivait d'être dangereuses, mais rien en elles ne suscitait sa curiosité. Ce n'était pas vraiment des êtres pensants, même s'ils confectionnaient des leviers et des lames simples. En fait, ils étaient émotionnellement dépourvus d'affect, aussi insipides que des tortues. Elle ne pouvait imaginer se lier d'amitié avec un mineur, même de la manière à laquelle on s'attachait à un animal ordinaire. Ils ne disposaient d'aucun véritable langage parlé. Ils vivaient dans des tunnels capitonnés d'excréments durcis et se nourrissaient de charogne pourrissante agrémentée de quelques racines et légumes. Si la nourriture venait à manquer, ils dévoraient leurs petits.

Werner la conduisit à l'abri où l'on avait disposé sur une table les découvertes de la journée : les outils simples en silex habituels, de ceux que Werner cataloguait depuis l'enfance de Chaia, mais aussi quelques objets différents. Ceux qualifiés d'« intéressants » par Werner : des morceaux de métal corrodé (les mineurs ne travaillaient pas le métal). Celui-ci, par exemple, aggloméré d'argile, ressemblait aux lampes lucioles que tout colon transportait dans son sac. Et là, une espèce de boucle. Ainsi que des fragments de verre ébréchés.

« Cela a été fait par des humains », affirma Chaia, saisie d'une étrange inquiétude.

« En effet. Mais ils sont vieux. Ils datent de la première colonisation d'Isis, il y a presque deux cents ans.

— Que font-ils dans ces tunnels de mineurs ?

— Là est la question, n'est-ce pas ? Mais on a aussi trouvé ceci. »

Werner plongea la main dans une boîte à échantillons dont il retira un objet presque entièrement débarrassé de sa gangue de boue et d'argile, un objet lisse et blanc.

Une mâchoire.

Une mâchoire humaine.

« Mon Dieu », souffla Chaia.

Werner se mit à expliquer ce que représentait la mâchoire… une histoire de premiers colons-chercheurs ayant occupé le site moderne de Villehumaine, dont l'un avait dû s'aventurer dans la colonie des mineurs quand celle-ci était toujours active, ou y être transporté, ou…

Mais Chaia ne l'entendit pas vraiment.

Le maxillaire — mort et immobile sur la table — lui parla.

Werner continua à discourir. Werner n'entendit pas.

Chaia, elle, l'entendit nettement.

« Chaia », dit la mâchoire.

Et Chaia s'évanouit.

Il existe dans l'univers un phénomène appelé, un peu abusivement, « conscience intelligente », qui se produit dans des systèmes quasi homéostatiques d'une certaine complexité. Chez les êtres humains, par exemple. Chez certaines de leurs machines aussi. Partout ailleurs dans l'univers connu, cette conscience intelligente se fait insaisissable.

Chaia, dans son rêve, se souvint avoir appris cela dans ses cours sur la biosphère.

Elle rêva d'elle-même, de son cerveau réparé à l'aide de cellules souches fœtales. La conscience intelligente a besoin de communication. Les cellules nerveuses se parlent. À l'aide d'électricité, de réactions chimiques. Ses neurones neufs, nouveaux s'étaient développés pour devenir esprit.

« L'esprit », d'après les manuels, était ce qui se produisait dans les espaces séparant les neurones. Il se produisait des échanges ou des inhibitions de signaux. Mais l'espace entre les neurones est globalement vide. « L'esprit » était un creux dans lequel des motifs éclosaient et mouraient.

Comme des fleurs poussant entre les étoiles.

Où se trouvaient les espaces dans lesquels pouvait vivre l'esprit ? À l'intérieur d'un système nerveux humain. Dans les innombrables portes virtuelles d'un ordinateur quantique. Et… et…

Mais le rêve-pensée s'éloigna, motif éclos et flétri avant qu'elle puisse l'appréhender.

Elle se réveilla, découvrit Gray McInnes en train de froncer les sourcils à son chevet.

« Je suis malade ? » demanda-t-elle bêtement.

(Car elle était malade, bien entendu, puisqu'elle entendait des voix…)

Mais Gray secoua la tête d'un air rassurant. « Surmenée, du moins d'après le thérapeute. J'imagine que tu as subi une grosse pression, avec l'organisation du mariage et tout. Qu'est-ce que tu faisais dans la forêt ? »

Malgré son expression ouverte et candide, elle entendit une accusation. « Oh, je marchais, c'est tout. Je réfléchissais. »

Il sourit. « Nerveuse à cause du mariage ?

— Peut-être un peu. »

Elle tourna la tête. Elle se trouvait chez elle, dans son propre abri. On ne l'avait pas mise à la clinique, ce qui était bon signe. Par la fenêtre de la chambre, elle voyait un bout de ciel, avec des nuages se précipitant depuis l'ouest. Lorsque ces nuages se déchiraient sur les flancs des montagnes Cuivre, cela annonçait à coup sûr de la pluie. L'été avait vécu.

Gray lui écarta une mèche de cheveux des yeux. Il avait la main douce. Il dégageait une impression de chaleur et de solidité. C'était un homme grand, robuste, trapu de cette manière qui distinguait les colons nés sur Terre de leurs collègues martiens ou kuipers. Chaia se sentait toujours minuscule à côté de lui.

« Le docteur t'a administré quelque chose, dit-il. Tu vas sans doute avoir envie de dormir encore un peu. »

Chaia se demanda si c'était Gray qu'elle aimait, ou juste sa présence permanente, le réconfort qu'il procurait, comme un fauteuil préféré ou une couverture familière. Elle craignit de le blesser.

Mais comment pouvait-elle se marier alors qu'elle n'était sans doute même pas saine d'esprit ? Combien de temps pouvait-elle encore passer parmi ces gens en se prétendant normale ? Ils s'en apercevraient assez vite, à commencer par Gray, peut-être d'ailleurs se trouvait-il déjà dans ce premier et horrible stade de la découverte, sa chaleur cachant un noyau de répugnance…

« Ferme les yeux », dit-il en lui lissant le front.

Des ombres de nuages traversèrent la chambre.

Il passa la nuit avec elle.

La liaison à particules jumelles reliant Villehumaine à la Terre avait récemment téléchargé une série de nouveaux divertissements, parmi lesquels Gray en choisit un pendant que Chaia tamisait la lumière ambiante. La vidéodramatique s'appelait *La Fille de l'Américain* et se déroulait pendant les années folles du vingtième siècle, lorsque la Terre comptait des centaines d'États-nations quasiment indépendants et qu'on n'avait même pas encore colonisé la Lune. Féru d'histoire, Gray souligna plusieurs erreurs factuelles commises ou ignorées par les producteurs : le serviteur-robot servant de messager entre la fille du président et l'étudiant en alchimie sans le sou était presque à coup sûr un anachronisme, par exemple.

L'histoire, située en Amérique du Nord, se déroulait dans la plupart des décors conventionnels : des énormes constructions en béton, des trottoirs bondés de mendiants et de banquiers, une cathédrale, une « usine », une fête foraine. Elle se terminait par une réunion familiale, soi-disant à New York, mais Chaia trouva que les bâtiments ressemblaient à ceux de la vieille ville de Bruxelles, avec un léger morphage pour davantage paraître ceux d'une ville du vingtième siècle.

Gray se tourna vers elle lorsqu'elle en fit la

remarque. « Comment sais-tu ça sur Bruxelles ? demanda-t-il avec curiosité.

— Eh bien, je… » La perplexité la saisit soudain. « J'ai dû voir des photos, j'imagine. »

Bruxelles.

Un endroit sur Terre.

Mais cela lui avait semblé si familier. Elle l'avait juste… eh bien, *reconnu.*

S'en était souvenue.

Quand avait-elle vu Bruxelles ? Pouvait-on se souvenir d'un endroit qu'on n'avait jamais visité ? Ou bien s'agissait-il encore d'un tic neurologique, comme de voir des araignées se transformer en personnes ou d'entendre parler des mâchoires ?

Son humeur s'assombrit. Gray resta avec elle et elle lui fut reconnaissante de lui tenir compagnie. Mais quand ils allèrent se coucher, elle lui tourna le dos, se nichant contre son grand corps d'une manière signifiant qu'elle était prête à dormir. Seulement à dormir. Du moins à essayer.

Il ne tarda pas à ronfler. Agitée, Chaia ouvrit les yeux pour regarder la lune grande comme un caillou traverser le ciel derrière la fenêtre. Elle songea à « lunatique », un vieux terme entendu dans *La Fille de l'Américain.* Le mot avait pour étymologie la lune de la Terre, liée, dans l'ancienne mythologie, à la folie, à la bizarrerie, aux incertitudes des grandes distances et du temps.

Isis représentait un marchepied vers les étoiles.

Le voyage interstellaire n'était toujours pas une mince affaire. Malgré leur efficacité supérieure à celle des translations Higgs utilisées deux siècles plus tôt, les lancements continuaient à engloutir d'énormes ressources, en énergie comme en matériaux nécessaires à la production des lentilles de matière exotiques Higgs, et en termes purement fonciers, chaque lancement nécessitait la conversion d'un petit astéroïde ou corps de Kuiper entier. Sans que tout cela vous emmène plus loin qu'aux mille étoiles les plus proches.

Mais d'Isis, monde vivant situé à la périphérie de la diaspora humaine, mille autres étoiles devenaient accessibles (du moins en théorie). Isis ne disposait pas de la base industrielle nécessaire au moindre lancement Higgs vers l'extérieur, pas encore, mais ce temps viendrait. Déjà, des usines de Turing autoreproductibles avaient colonisé les bordures glacées du système isien, construisant des interféromètres planétaires pour explorer les étoiles éligibles. Déjà, des télésenseurs et des robots industriels creusaient des corps cométaires prédéterminés, les évidant pour les lancements qui se produiraient, si tout se passait bien, dans cinquante ou cent ans.

Chaia elle-même pourrait bien vivre encore un ou deux siècles, peut-être assisterait-elle à l'achèvement de quelques-uns de ces grands travaux publics.

D'ici là, le travail quotidien à Villehumaine se poursuivait : entretien des robots, moisson de la nourriture et des plantes médicinales dans la nature, écriture et révision de protocoles Turing, compréhension de l'étrange biosphère isienne. En plus de la simple tâche consistant à vivre. À faire l'amour, engendrer des bébés, grandir et même mourir.

Se marier.

Au matin, elle se rendit à la chapelle universaliste avec Gray pour une courte répétition qui consista surtout à remonter l'allée, à feindre l'échange des yubiwas (anneaux d'or extrait dans les montagnes par les robots) et à prononcer les bans. Le mariage était une coutume terrienne : les relations au sein des Martiens et des Kuipers étaient plus fluides, moins formelles. Encore qu'on ne pouvait vraiment qualifier de formelle une cérémonie universaliste. On ne pouvait même pas vraiment considérer l'universalisme comme une religion au sens ancien du terme. Son seul dogme consistait à prescrire l'humilité face aux mystères du monde naturel, aux mystères insondables du début et de la fin ultime. Il avait pour icône un cercle noir : l'abysse, la singularité primordiale, l'espace-temps en perpétuelle récession d'un trou noir.

Chaia manqua d'énergie du début à la fin de la répétition. Elle remarqua, sans pouvoir se résoudre à s'en soucier, les regards échangés par Gray et le père Gooding avec une expression de… de déception ? De doute ? S'était-elle montrée trop réservée, trop distante ? Peut-être vaudrait-il mieux que Gray en vienne à douter de sa sincérité. Peut-être alors pourrait-il renoncer à cette quête qui le consommait depuis presque vingt ans : recréer et épouser à nouveau la femme avec qui il s'était autrefois marié sur Terre, l'autre Chaia Martine, son ancienne ombre-moi.

Après la répétition, prétextant la fatigue, elle abandonna Gray à la chapelle et affirma rentrer se reposer. Mensonge, car elle alla voir Werner Eastman, déterminée à se frotter à l'énigme de sa folie avant d'épouser Gray McInnes et peut-être de le rendre veuf à nouveau, sort qu'il était loin de mériter.

« Que sais-tu des premiers colons d'Isis ? » lui demanda Werner en buvant du café dans un mug d'un bleu brillant.

Il ne se trouvait pas aux fouilles des tunnels, ce

jour-là, mais dans son laboratoire du complexe médico-biologique, grande pièce parsemée d'os et de fossiles isiens, d'insectes tués et montés sur bristol, de défileurs non connectés affichant des esquisses de tableaux cladistiques. Il y avait une autre partie d'un crâne humain sur la table devant lui. Chaia prit soin de ne pas la regarder, de peur qu'elle prononce son nom.

« Pas grand-chose, répondit-elle. Juste ce qu'on apprend à l'école. Ils n'étaient pas renforcés contre la biosphère. Ils sont morts.

— Plus ou moins exact. Savais-tu qu'une des stations de recherche originales était implantée juste à l'ouest d'ici ? Les ruines ont été rasées il y a trente ans pour dégager des terres arables… nous autres anciens voulions les préserver comme site historique, mais nous avons été mis en minorité. On a quand même sauvé ce qu'on a pu des anciens systèmes de stockage de données, tout ce qui n'avait pas été irrémédiablement corrompu par les intempéries et le passage du temps.

— Tu sais ce que c'est que ce *truc*? interrogea Chaia en parlant du morceau de crâne qui s'attardait comme un panneau avertisseur dans sa vision périphérique.

— Je crois, oui. » Werner semblait content de son petit travail de déduction… de toute évidence, il avait fouillé les archives dans leurs moindres recoins. « Je pense que nous avons là les restes d'une jeune Terrienne nommée Zoé Fisher. »

Chaia ne reconnut pas le nom, même si elle l'avait peut-être entendu longtemps auparavant… il lui semblait familier de cette manière lointaine.

« Zoé Fisher, poursuivit Werner, était sortie dans la forêt tester de nouvelles technologies d'isolement et d'amélioration immunitaire quand les périmètres de la station de recherche ont lâché et que la station elle-même a été compromise. Elle a raté l'évacuation. Elle a été abandonnée sur Isis, capturée par les mineurs locaux et transportée dans leurs terriers, où elle est morte et a sans doute été dévorée. »

Les mineurs n'aimaient pas la viande fraîche, la préférant prédigérée par des enzymes de décomposition. Atroce, pensa Chaia. Elle imagina, bien trop nettement, cette exploratrice de l'ancien temps, Zoé Fisher, perdue dans la forêt sans espoir qu'on vienne à son secours, la biosphère toxique érodant lentement mais inexorablement ses défenses.

(Est-ce qu'il pleuvait, à ce moment-là ? Parce qu'il pleuvait, ce jour-là, doucement sur Villehumaine et à verse là-bas sur les contreforts des montagnes Cuivre. Les premiers explorateurs n'avaient jamais senti la pluie isienne sur leur peau. Sans leurs barrières d'acier, de latex, de gel intelligent, ils étaient terriblement vulnérables, une seule goutte de pluie renfermant assez de vecteurs de maladies isiennes pour les tuer en à peine quelques minutes.)

Elle pensa à Zoé Fisher, perdue sous la pluie, traînée de force dans les profondes et fétides complexités des tunnels des mineurs. L'image était presque trop vive dans sa mémoire, si proche que Chaia en souffrait.

« Quelle horrible manière de mourir, estima-t-elle.

— À la fin, elle délirait. Elle était presque heureuse, d'une certaine manière. »

Elle délirait, pensa Chaia. Comme moi. « Comment le sais-tu ?

— Elle restait sporadiquement en contact radio avec un autre colon. Le cyberespace local avait sauvegardé quelques bribes de leur dialogue, que nous avons retrouvées en archivant les ruines. Zoé Fisher pensait que la biosphère de la planète avait d'une manière ou d'une autre pénétré son esprit… autrement dit, elle croyait parler à Isis elle-même. Et pas seulement à Isis. À tous les mondes vivants de la galaxie, en liaison par une espèce d'énigmatique connexion quantique au niveau cellulaire. »

Chaia fut surprise.

La biosphère, pensa-t-elle. La voix de la forêt. La voix de la forêt avait-elle parlé à Zoé Fisher, là-bas dans les ténèbres et les ramassis d'ordures des mineurs ?

« Peut-il y avoir une part de vérité là-dedans ? » demanda-t-elle avec prudence.

Werner sourit. « J'en doute. Nous avons des preuves que la vie à base d'ADN s'est répandue dans la galaxie en une lente panspermie… c'est du moins la théorie actuelle. Mais pour autant que nous le sachions, les seuls objets capables de communiquer à vitesse suprarelativiste sont les très sophistiquées liaisons à particules jumelles. Certainement pas les unicellulaires microscopiques. »

Elle avait rêvé de la naissance de l'esprit dans les espaces chimiquement chargés séparant les neurones, non ? Eh bien, de quelle *autre* manière un esprit pouvait-il naître ? Dans la biosphère d'une planète ? Dans le ragoût de particules virtuelles mijotant dans le vide interstellaire ?

« Mais c'est possible, murmura-t-elle. Non ?

— Eh bien, non, sans doute pas. Zoé Fisher n'était ni biologiste ni physicienne, et elle n'était pas vraiment en train d'exposer une théorie scientifique. Par contre elle était orpheline, et elle parlait de la Terre comme d'une “planète orpheline", séparée à un moment ou à un autre de la biosphère galactique. Au fond, elle parlait d'elle-même. Elle s'imaginait avoir trouvé la famille qu'elle n'avait jamais eue, même s'il s'agissait d'une famille d'intelligences d'une taille inconcevable. »

Mais c'est trop facile, pensa Chaia. *L'histoire ne peut se limiter à ça. C'est impossible.*

De plus, elle était venue voir Werner Eastman pour une tout autre raison. Il attendit patiemment qu'elle parle, partageant la pièce avec elle. Le silence s'appesantit jusqu'à ce qu'elle finisse par avouer : « Je m'inquiète pour Gray. De ce que je pourrais être en train de lui faire. »

L'expression de Werner s'adoucit. Il redevint une sorte de père, si bien qu'elle se sentit insupportablement jeune et seule devant lui. « Chaia, dit-il, tu devrais peut-être t'inquiéter pour toi.

— Non… c'est Gray. » Elle lui raconta la manière dont elle l'avait vu la veille au soir, recroquevillé dans le lit, vulnérable malgré sa taille robuste. « Il m'a déjà perdue une fois…

— Ce n'est pas vrai, Chaia. Je sais que Gray le voit de cette manière. La Chaia Martine que tu étais… la femme qui a failli mourir dans la rivière… Gray l'aimait profondément. Il n'a jamais abandonné l'espoir qu'une partie de cette femme ressurgisse en toi. Mais ça ne va tout bonnement pas se produire. Tu es ce que cette Chaia Martine aurait pu être si elle était née et avait grandi sur Isis. Voilà tout, et ça devrait suffire. S'il t'aimait sur cette base, je bénirais votre mariage. Mais l'émotion qu'il ressent est un mélange de culpabilité et de sentiment de perte. Sa femme lui manque, et il se reproche de n'avoir pas pu la secourir dans la rivière. Il pense qu'il aurait dû être avec elle dans cette horrible tempête à attacher les pylônes des balises. Eh bien, il ne peut pas remonter dans le temps pour la sauver. Il fait donc ce qui vient de mieux ensuite : il épouse la femme qu'il considérera toujours, à un certain niveau, comme le fantôme de Chaia.

— Personne n'a jamais été plus gentil que Gray avec moi.

— Et il continuera à se montrer gentil avec toi, année après année, en cachant sa déception, année après année. Mais tu mérites mieux. »

Peut-être. Sauf que Werner ne comprenait pas la subtilité, les nuances de sa relation avec Gray. *Je ne suis pas un diagramme,* se dit-elle. *Je ne suis pas un de tes tableaux cladistiques.*

« Je pense que ma mémoire revient, dit-elle à sa propre surprise.

— Pardon ?

— Mes souvenirs de la Terre. D'avoir été cette autre Chaia Martine. »

Gray secoua la tête avec tristesse. « C'est impossible, Chaia. C'est encore moins plausible que cette idée de planètes qui parlent.

— J'ai vu Bruxelles dans une vidéo hier soir. Et je l'ai reconnue. Mais pas d'après une photo ou un livre, tu vois ce que je veux dire. Je *savais* que j'y étais déjà allée. Que je m'étais déjà promenée dans ces rues.

— Bruxelles ? Sur Terre ? »

Cela semblait ridicule — encore du délire —, mais elle hocha la tête en rougissant.

« Chaia, ce ne peut pas être un souvenir authentique.

— Pourquoi pas ?

— J'ai été un de tes thérapeutes, tu te souviens ? Tu devrais lire plus attentivement ton dossier personnel. Chaia Martine est née et a grandi à Brisbane. À dix ans, elle est montée suivre ses études à l'école d'Émigration en orbite basse, et ensuite elle est partie dans la ceinture de Kuiper pour sa formation pré-isienne. Elle n'a pas pu voir Bruxelles : elle n'y est jamais allée. »

Une journée durait un peu plus longtemps sur Isis que sur Terre. Les rythmes circadiens des colons avaient été ajustés en conséquence, mais une partie de l'ancienne biologie humaine s'apercevait quand même de cette contradiction : les après-midi semblaient longs, les nuits parfois interminables.

Chaia alla se coucher seule, bien plus tard qu'elle ne l'avait prévu, et avec une migraine lancinante. Mille idées à demi formées lui traversaient l'esprit. Elle s'endormit presque par inadvertance, entre deux notions enfiévrées.

Le vacarme du tonnerre l'arracha au sommeil au plus profond de la nuit.

Les tempêtes arrivaient à toute vitesse par l'ouest, à cette époque de l'année, traversant les terres des bassins en direction de l'épine dorsale du continent. Le vent contournait son abri personnel en chuchotant.

Tu devrais lire plus attentivement ton dossier personnel, avait dit Werner. Sauf qu'elle ne l'avait jamais lu, pas vrai ? Elle s'était délibérément abstenue de trop en apprendre sur la Chaia Martine ayant autrefois occupé son corps, la Terrienne qui avait épousé Gray McInnes longtemps auparavant… pas par manque de curiosité, mais parce que cette femme-là était morte, et qu'il valait mieux, avaient insisté ses thérapeutes, ne pas déranger son fantôme, ne pas embrouiller le problème de sa propre et fragile identité.

Mais peut-être certains fantômes avaient-ils besoin qu'on les dérange.

N'arrivant plus à dormir, elle prit son défileur personnel sur ses genoux et accéda aux archives de Villehumaine.

Sa formation en archivistique lui permit de s'introduire sans difficulté dans ses dossiers personnel ou médical et d'extraire le *curriculum vitae* détaillé de Chaia Martine. Chaia Martine — *cette* Chaia Martine-là — avait été destinée à Isis dès sa naissance. Sur le plan biologique, elle était la fille d'un couple de paysans catalans ayant fourni une demi-douzaine d'embryons viables au Service d'État en échange d'un allégement fiscal. Elle avait été menée à terme à Brisbane et formée selon la Loi sur les Nécessités coloniales, avec comme spécialités gestion et ingénierie génétique agricole, compétences qu'elle ne possédait plus. Elle avait rencontré et épousé le jeune Gray McInnes en orbite, à l'école d'Émigration.

Sans jamais se rendre à Bruxelles.

Pouvait-il s'agir de vacances non prévues ou non archivées ? Eh bien, peut-être, mais elle en doutait. Les dossiers du Service d'État étaient toujours très bien tenus, surtout dans le cas d'une pupille de service comme Chaia Martine. Si celle-ci s'était rendue à Bruxelles sans faire figurer son voyage dans ses enregistrements quotidiens, cela avait été magistralement manigancé.

Sauf que Chaia Martine n'avait rien d'une rebelle. De toute évidence, elle aimait son travail. La perspective de se rendre sur Isis semblait lui avoir énormément plu. Tout comme son mariage avec Gray McInnes.

Puis était venu le moment de la translation Higgs, de sa première année sur la planète, de la terrible tempête, de son héroïsme stupide, à vouloir se battre contre le vent pour amarrer les pylônes des balises quand les robots étaient hors service, et des souffrances qui en avaient inévitablement découlé… sa mort aussi, quand son crâne s'était fendu, avec (à en croire le rapport médical) « destruction complète de larges portions des lobes pariétaux gauche, droit et occipital, hémorragie importante et présence d'eau de rivière non traitée dans les citernes pontique et lombaire ».

Ils auraient pu laisser mourir son corps, mais il restait assez de Chaia Martine intact pour que les protocoles de triage imposent une reconstruction cérébrale. Ainsi était née la nouvelle Chaia Martine. Avec sans aucun doute Gray McInnes en larmes à son chevet.

Gray l'avait assidûment évitée pendant les douze premières années de sa nouvelle vie, parce qu'elle était une enfant, sur le plan neurologique, une enfant qui évoluait vers son corps d'adulte plus vite que n'importe quel enfant normal, mais une enfant tout de même. Il lui était toutefois resté loyal.

Une loyauté née de la culpabilité et du sentiment de perte, à en croire Werner Eastman.

Mais Gray m'aime, se dit Chaia. Elle en avait eu mille fois la preuve, dans la manière dont il la regardait, dont il la tenait. Un amour total et indulgent, et par conséquent horriblement pesant.

Elle s'enfonça plus profond dans les archives, cherchant désormais le nom de Zoé Fisher.

Zoé, infortuné colon mort dans les terriers des mineurs. Oui, on trouvait Zoé, dans des dossiers incomplets, sauvés de la mémoire atomique pourrissante délaissée pendant des années ou reconstitués à partir des archives terrestres, tout aussi incomplètes. Mais cela suffisait pour se faire une idée de Zoé Fisher, bébé clonal élevé dans la politique du pire de la Terre du vingt-deuxième siècle, jeune, fragile et horriblement naïve. Zoé Fisher, née dans une crèche nord-américaine d'Appareils & Personnel, perdue un moment dans les bordels de Téhéran, formée à Paris, Madrid, Bruxelles…

Bruxelles.

D'épaisses gouttes de pluie bombardèrent son visage. Chaia s'en aperçut à peine. Il pleuvait fort, mais cela ne pourrait qu'empirer. Une zone dépressionnaire arrivait par l'ouest, humidité venue des océans équatoriaux se briser sur les montagnes Cuivre telle une lente et énorme vague.

Elle marcha comme en transe et se retrouva une fois encore dans la forêt.

Avait-elle rêvé ? Marché dans son sommeil ? Elle était seule au milieu des arbres, bien avant l'aube dans la pluie et l'obscurité. Cette dernière était presque totale : malgré ses améliorations cornéennes, elle ne voyait que le canevas du feuillage autour d'elle, avec, tout en bas d'une pente de rochers et de glissherbe, un reflet qui devait être la rivière Cuivre.

Il y avait des risques à se promener dehors la nuit par ce temps. La pluie et le vent la rendaient presque impossible à suivre pour ses télésenseurs gardiens, de par leur taille d'insectes. Elle ne pouvait même pas dire où elle se trouvait ni comment elle s'y était rendue, à part que cela ressemblait, maintenant qu'elle y pensait, à la clairière, à sa clairière personnelle où elle venait trouver la solitude… la clairière où elle avait vu les araignées adopter une forme humaine.

Les araignées.

Chaia entendit un mouvement et un bruissement dans son dos.

Elle se retourna en sachant ce qu'elle devait s'attendre à voir.

Elle n'eut pas peur, cette fois-ci, ou alors sa peur fut submergée par mille autres sentiments incompréhensibles. Elle se retourna et vit s'approcher une silhouette aussi grande qu'elle. Une silhouette luisant dans la pluie qui dégringolait feuille après feuille de la cime des arbres et reflétait les lampes lucioles fixées aux vêtements de Chaia. Une silhouette d'un sombre profond et ambré, qui dégageait une familière odeur de terre.

Elle comprit alors que ce n'était pas quelque chose fait par les araignées. Celles-ci n'étaient qu'un véhicule. Manié par quelque chose, quelque chose de bien plus grand, quelque chose qui avait intégré Zoé Fisher dans son incompréhensible sein un siècle auparavant et venait de la recréer dans un but sinistre et fondamental.

La créature parla.

Et Chaia Martine, enfin, était prête à écouter.

Gray McInnes la retrouva dans la clairière peu avant l'aube, frissonnante et à demi consciente. Il la transporta, dans la forêt agitée par le vent, jusqu'à Villehumaine et son hôpital, où l'on revêtit Chaia de tenues blanches et chaudes avant de la coucher avec des doses progressives d'un léger anxiolytique.

Chaia dormit longtemps et profondément, sans avoir conscience du vent qui se déchaînait sur les abris de Villehumaine.

De temps en temps, elle s'apercevait de la présence de médecins à son chevet, ou de celle (parfois) de Gray ou de Werner Eastman, et elle crut même une fois voir sa mère de thérapie, Lizabeth Chopra, mais comme Lizabeth travaillait désormais dans la station orbitale à cent soixante kilomètres au-dessus de l'équateur isien, il devait s'agir d'un rêve.

Elle ne cessa de rêver et de rêver encore. Elle rêva des dix millions de monde de la Biosphère galactique.

Zoé lui avait expliqué tout cela dans la clairière au-dessus de la Cuivre.

Avant la naissance de la Terre, une vie unicellulaire simple avait parcouru la galaxie en une lente mais inexorable panspermie. La vie faisait ce qu'elle avait toujours fait : s'adapter aux divers environnements, aux mondes brûlants ou gelés, aux anneaux de glace des étoiles ou à leurs torrides planètes intérieures. Et toute cette vie transportait en elle quelque chose appelé « résonance » par Zoé, une connexion reliant chaque cellule aux autres à la manière dont les particules subatomiques cohérentes reliaient Isis à la Terre.

La vie était envahissante, et la vie était un milieu (immense, invisible) dans lequel, avec le temps, se développaient des esprits. Des esprits comme des fleurs dans une prairie ensoleillée, statiques mais d'une beauté éthérée.

Chaia était éveillée lorsque le médecin (le docteur Plemyanikov, constata-t-elle, un barbu qui chantait d'une voix de ténor aux offices universalistes hebdomadaires) lui dit qu'il allait lui prélever un échantillon de liquide cérébrospinal pour l'analyser.

Elle sentit l'aiguille pénétrer dans son cou juste au moment où l'anasthistat robotique la réintroduisait dans ses rêves.

Il faut que tu les préviennes, avait insisté Zoé Fisher.

La pluie tambourinait sur les murs de l'hôpital.

Lorsqu'elle s'éveilla à nouveau, elle s'aperçut que les médicaments, ou autre chose, avaient amélioré son ouïe. Elle entendait la pluie s'abattre sur l'hôpital avec une intensité renouvelée. Elle entendait le sang battre dans ses veines.

Elle entendait un chariot bringuebaler dans le couloir devant sa chambre. Et elle entendait dans ce même couloir le Dr Plemyanikov discuter de son cas avec Werner Eastman.

… la contamination a dû se produire au moment de ses premières blessures, il y a presque vingt ans… disait le médecin.

Elle ouvrit paresseusement les yeux et s'aperçut de la présence de Gray McInnes, assis sur une chaise à son chevet. Il sourit en croisant son regard. « Les docteurs me disent que tu as été malade. »

… un micro-organisme dont nous n'avons pas réussi à débarrasser son corps après son sauvetage dans la rivière il y a toutes ces années de cela, quelque chose de presque invraisemblablement subtil et insaisissable. À l'état latent, ou pire, se servant de sa reconstruction neurologique, s'en nourrissant. C'est un miracle quelle n'en soit pas morte…

Les esprits qui croissaient sur et entre les mondes vivants de la galaxie étaient conscients, mais ce n'était pas une conscience humaine… et cela n'y ressemblait pas du tout. La conscience humaine était nouvelle, apparue par accident. Une fois que les esprits de la Biosphère comprirent cela, comprirent que cet esprit pouvait apparaître *à l'intérieur du corps d'animaux*, ils regrettèrent les morts infligées par Isis à ses premiers colons et tentèrent en quelque sorte de réparer leur faute en absorbant l'esprit de Zoé Fisher.

Le sourire aux lèvres, Gray McInnes prit la main de Chaia : « Tu aurais dû me dire que tu avais des problèmes. »

… une fois localisé l'agent infectieux, concevoir un traitement ne nous a pas vraiment posé de problèmes…

Zoé Fisher avait vécu plus d'un siècle dans la biosphère isienne, sans corps ni localisation, préservée comme un fantôme, ou un spécimen, ou un ambassadeur, ou un animal domestique… ou un mélange de tout cela. Elle avait même appris à contrôler un peu la biosphère locale, de manières qui ne seraient jamais venues à l'idée de ses esprits autochtones. Les araignées qui avaient parlé à Chaia, par exemple, ou les unicellulaires manipulés avec délicatesse pour envahir le crâne fracturé de Chaia et rendre possible sa rencontre avec Zoé.

« Chaia, tu n'as pas à t'inquiéter. Les docteurs disent pouvoir guérir… »

… guérir la démence…

La rencontre était importante, car l'humanité avait besoin de savoir que son expansion se produisait dans un territoire déjà occupé par des esprits des plus étranges et pas obligatoirement inoffensifs, des esprits diffus et douloureusement beaux, mais si différents des esprits humains que leurs motivations et désirs ne pouvaient pas toujours être prédits. L'histoire de l'avenir serait celle de l'interaction entre l'humanité et la Biosphère, entre l'humanité orpheline et ses très anciens ancêtres.

« Je ne pouvais pas dormir à cause de la tempête, expliqua Gray. Trop de mauvais souvenirs, j'imagine. Je suis donc sorti travailler un peu sur les robots. J'ai vu de la lumière dans ton abri, mais quand j'ai frappé sans obtenir de réponse... »

... en fait, dit Plemyanikov, nous lui avons déjà administré un vaccin...

Tout grouillait de voix : les espaces entre les étoiles, ceux entre deux cellules vivantes. Les choses qui vivaient là étaient les Seigneurs de la Biosphère, avait dit Zoé, mais ils sont invisibles pour les humains, et il faut que tu le dises aux gens, Chaia, il faut que tu leur parles de la Biosphère, que tu les *préviennes*...

« J'ai donc demandé à l'ordinateur de Villehumaine de te localiser, et j'ai compris que quelque chose n'allait pas quand j'ai vu que tu étais dans la forêt en pleine tempête... Dieu sait pourquoi... »

... elle allait rapidement se retrouver en situation critique, et si Gray McInnes ne l'avait pas sortie de la pluie...

« Mais cette fois », poursuivit Gray sans arriver à dissimuler son plaisir, la satisfaction jaillissant de lui comme l'eau blanche et rapide d'une rivière, « cette fois, il n'était pas trop tard ».

... *par chance, le vaccin remplit déjà son rôle*...

Et quelque chose trébucha en Chaia, les voix disparaissaient, même l'étrange et insistante voix de Zoé, la voix de la forêt, diminuait, s'éloignait bizarrement, et le mot *guérir* resta dans sa conscience comme une désagréable lumière brillante, et elle se battit contre l'insipide pression des sédatifs, elle essaya d'expliquer à Gray ce qui n'allait pas et pourquoi il ne fallait *pas* la guérir, mais tout ce qu'elle réussit à dire fut « Non, pas comme ça, pas ça » avant que la marée des médicaments l'engloutisse et la réexpédie dans le sommeil.

La tempête éclata durant la nuit. Au matin, les vents avaient faibli. L'air était frais, les nuages s'effilochaient telles des arrière-pensées dans le bleu du ciel isien.

Repoussé d'un mois pour donner à Chaia le temps de se rétablir, le mariage fut finalement simple et joli.

Le vaccin avait débarrassé son corps de l'infection. Ses hallucinations étaient désormais aussi lointaines que des cauchemars, des souvenirs qui s'estompent, des délires dus à la fièvre, et elle savait qui elle était : Chaia Martine, rien de plus, en train d'épouser l'homme qui l'aimait.

Elle entra dans la chapelle avec Gray McInnes, le bon et loyal Gray, qui l'avait enfin sauvée de la rivière. Le père Gooding se tint sous le cercle noir symbolisant les Mystères et prononça les paroles qui liaient les époux. Gray prit ensuite les yubiwas en or dans une boîte finement ajourée, chacun en plaça un sur le doigt de l'autre, et ils s'embrassèrent.

Elle était complètement rétablie, d'après les médecins. Elle était désormais saine d'esprit. Elle ne souffrait plus d'illusions, qu'elle reconnaissait pour ce qu'elles étaient : des symptômes de sa longue maladie, des réfractions d'histoire à demi apprise, une folie singulièrement isienne qui avait atteint son cerveau lorsqu'elle se trouvait ouverte à la planète comme un œuf brisé.

Elle ressortit de la chapelle aux côtés de Gray, foulant des pétales de fleurs, sans rien penser de l'araignée qui avait niché sur le côté du presbytère, ni du bruit du vent dans les branches des brellas, ni des nuages blancs qui traversaient le ciel de plus en plus limpide comme les lettres d'une langue inconnue.

COLLECTION FOLIO 2€

Dernières parutions

3865. Martin Amis	*L'état de l'Angleterre* précédé de *Nouvelle carrière*
3866. Larry Brown	*92 jours*
3867. Shûsaku Endô	*Le dernier souper* et autres nouvelles
3868. Cesare Pavese	*Terre d'exil* et autres nouvelles
3869. Bernhard Schlink	*La circoncision*
3870. Voltaire	*Traité sur la Tolérance*
3871. Isaac Bashevis Singer	*La destruction de Kreshev*
3926. Raymond Chandler	*Un mordu*
3927. Collectif	*Des mots à la bouche. Festins littéraires*
3928. Carlos Fuentes	*Apollon et les putains*
3929. Henry Miller	*Plongée dans la vie nocturne...* précédé de *La boutique des tailleurs*
3930. Vladimir Nabokov	*Un coup d'aile* suivi de *La Vénitienne*
3931. Akutagawa Ryûnosuke	*Rashômon* et autres contes
3932. Jean-Paul Sartre	*L'enfance d'un chef*
3933. Sénèque	*De la constance du sage* suivi de *De la tranquillité de l'âme*
3934. Robert Louis Stevenson	*Le Club du suicide*
3935. Edith Wharton	*Les lettres*
3961. Anonyme	*Le poisson de jade et l'épingle au phénix. Conte chinois du* XVIIe *siècle*
3962. Mikhaïl Boulgakov	*Endiablade ou Comment des jumeaux causèrent la mort d'un chef de bureau*
3963. Alejo Carpentier	*Les élus* et autres nouvelles
3964. Collectif	*Un ange passe. Les anges de la littérature*

3965. Roland Dubillard — *Confessions d'un fumeur de tabac français*
3966. Thierry Jonquet — *La folle aventure des Bleus...* suivi de *DRH*
3967. Susan Minot — *Une vie passionnante* et autres nouvelles
3968. Dan Simmons — *Les fosses d'Iverson*
3969. Junichirô Tanizaki — *Le coupeur de roseaux*
3970. Richard Wright — *L'homme qui vivait sous terre*
4039. Isaac Asimov — *Mortelle est la nuit* précédé de *Chante-cloche*
4040. Collectif — *Au bonheur de lire. Les plaisirs de la lecture*
4041. Roald Dahl — *Gelée royale* précédé de *William et Mary*
4042. Denis Diderot — *Lettre sur les aveugles à l'usage de ceux qui voient*
4043. Yukio Mishima — *Martyre* précédé de *Ken*
4044. Elsa Morante — *Donna Amalia* et autres nouvelles
4045. Ludmila Oulitskaïa — *La maison de Lialia* et autres nouvelles
4046. Rabindranath Tagore — *La petite mariée* suivi de *Nuage et Soleil*
4047. Ivan Tourguéniev — *Clara Militch*
4048. H. G. Wells — *Un rêve d'Armageddon* précédé de *La porte dans le mur*
4097. Collectif — *« Parce que c'était lui ; parce que c'était moi ». Littérature et amitié*
4098. Anonyme — *Saga de Gísli Súrsson*
4099. Truman Capote — *Monsieur Maléfique* et autres nouvelles
4100. Cioran — *Ébauches de vertige*
4101. Salvador Dalí — *Les moustaches radar*
4102. Chester Himes — *Le fantôme de Rufus Jones* et autres nouvelles
4103. Pablo Neruda — *La solitude lumineuse*

4104. Antoine de Saint-Exupéry — *Lettre à un otage*
4105. Anton Tchekhov — *Une banale histoire. Fragments du journal d'un vieil homme*
4106. Honoré de Balzac — *L'Auberge rouge*
4143. Ray Bradbury — *Meurtres en douceur* et autres nouvelles
4144. Carlos Castaneda — *Stopper-le-monde*
4145. Confucius — *Les entretiens*
4146. Didier Daeninckx — *Ceinture rouge* précédé de *Corvée de bois*
4147. William Faulkner — *Le Caïd* et autres nouvelles
4148. Gandhi — *La voie de la non-violence*
4149. Guy de Maupassant — *Le verrou* et autres contes grivois
4150. D. A. F. de Sade — *La philosophie dans le boudoir. Les quatre premiers dialogues*
4151. Italo Svevo — *L'assassinat de la via Belpoggio* et autres nouvelles
4191. Collectif — *« Mourir pour toi ». Quand l'amour tue*
4192. Hans Christian Andersen — *L'Elfe de la rose* et autres contes du jardin
4193. Épictète — *De la liberté* précédé de *De la profession de Cynique*
4194. Ernest Hemingway — *Histoire naturelle des morts* et autres nouvelles
4195. Panait Istrati — *Mes départs*
4196. H. P. Lovecraft — *La peur qui rôde* et autres nouvelles
4197. Stendhal — *Féder ou Le Mari d'argent*
4198. Junichirô Tanizaki — *Le meurtre d'O-Tsuya*
4199. Léon Tolstoï — *Le réveillon du jeune tsar* et autres contes
4200. Oscar Wilde — *La Ballade de la geôle de Reading* précédé de *Poèmes*
4273. Cervantès — *La petite gitane*
4274. Collectif — *«Dansons autour du chaudron». Les sorcières dans la littérature*

4275. G. K. Chesterton	*Trois enquêtes du Père Brown*
4276. Francis Scott Fitzgerald	*Une vie parfaite* suivi de *L'accordeur*
4277. Jean Giono	*Prélude de Pan* et autres nouvelles
4278. Katherine Mansfield	*Mariage à la mode* précédé de *La baie*
4279. Pierre Michon	*Vie du père Foucault* suivi de *Vie de George Bandy*
4280. Flannery O'Connor	*Un heureux événement* suivi de *La personne déplacée*
4281. Chantal Pelletier	*Intimités* et autres nouvelles
4282. Léonard de Vinci	*Prophéties* précédé de *Philosophie* et d'*Aphorismes*
4317. Anonyme	*Ma'rûf le savetier. Un conte des Mille et Une Nuits*
4318. René Depestre	*L'œillet ensorcelé* et autres nouvelles
4319. Henry James	*Le menteur*
4320. Jack London	*La piste des soleils* et autres nouvelles
4321. Jean-Bernard Pouy	*La mauvaise graine* et autres nouvelles
4322. Saint Augustin	*La Création du monde et le Temps* suivi de *Le Ciel et la Terre*
4323. Bruno Schulz	*Le printemps*
4324. Qian Zhongshu	*Pensée fidèle* suivi d'*Inspiration*
4325. Marcel Proust	*L'affaire Lemoine*
4326. Ji Yun	*Des nouvelles de l'au-delà*
4387. Boileau-Narcejac	*Au bois dormant*
4388. Albert Camus	*Été*
4389. Philip K. Dick	*Ce que disent les morts*
4390. Alexandre Dumas	*La dame pâle*
4391. Herman Melville	*Les Encantadas, ou Îles Enchantées*
4392. Mathieu François Pidansat de Mairobert	*Confession d'une jeune fille*
4393. Wang Chong	*De la mort*
4394. Marguerite Yourcenar	*Le Coup de grâce*
4395. Nicolas Gogol	*Une terrible vengeance*

4396. Jane Austen	*Lady Susan*
4441. Honoré de Balzac	*Les dangers de l'inconduite*
4442. Collectif	*1, 2, 3... bonheur ! Le bonheur en littérature*
4443. James Crumley	*Tout le monde peut écrire une chanson triste* et autres nouvelles
4444. Fumio Niwa	*L'âge des méchancetés*
4445. William Golding	*L'envoyé extraordinaire*
4446. Pierre Loti	*Les trois dames de la kasbah* suivi de *Suleïma*
4447. Marc Aurèle	*Pensées. Livres I-VI*
4448. Jean Rhys	*À septembre, Petronella* suivi de *Qu'ils appellent ça du jazz*
4449. Gertrude Stein	*La brave Anna*
4450. Voltaire	*Le monde comme il va* et autres contes
4482. Régine Detambel	*Petit éloge de la peau*
4483. Caryl Férey	*Petit éloge de l'excès*
4484. Jean-Marie Laclavetine	*Petit éloge du temps présent*
4485. Richard Millet	*Petit éloge d'un solitaire*
4486. Boualem Sansal	*Petit éloge de la mémoire*
4518. Renée Vivien	*La dame à la louve*
4519. Madame Campan	*Mémoires sur la vie privée de Marie-Antoinette. Extraits*
4520. Madame de Genlis	*La femme auteur*
4521. Elsa Triolet	*Les amants d'Avignon*
4522. George Sand	*Pauline*
4549. Amaru	*La Centurie. Poèmes amoureux de l'Inde ancienne*
4550. Collectif	*«Mon cher Papa...» Des écrivains et leur père*
4551. Joris-Karl Huysmans	*Sac au dos* suivi d'*À vau l'eau*
4552. Marc Aurèle	*Pensées. Livres VII-XII*
4553. Valery Larbaud	*Mon plus secret conseil...*

4554. Henry Miller — *Lire aux cabinets* précédé d'*Ils étaient vivants et ils m'ont parlé*
4555. Alfred de Musset — *Emmeline* suivi de *Croisilles*
4556. Irène Némirovsky — *Ida* suivi de *La comédie bourgeoise*
4557. Rainer Maria Rilke — *Au fil de la vie. Nouvelles et esquisses*
4558. Edgar Allan Poe — *Petite discussion avec une momie* et autres histoires extraordinaires
4596. Michel Embareck — *Le temps des citrons*
4597. David Shahar — *La moustache du pape* et autres nouvelles
4598. Mark Twain — *Un majestueux fossile littéraire* et autres nouvelles
4618. Stéphane Audeguy — *Petit éloge de la douceur*
4619. Éric Fottorino — *Petit éloge de la bicyclette*
4620. Valentine Goby — *Petit éloge des grandes villes*
4621. Gaëlle Obiégly — *Petit éloge de la jalousie*
4622. Pierre Pelot — *Petit éloge de l'enfance*
4639. Benjamin Constant — *Le cahier rouge*
4640. Carlos Fuentes — *La Desdichada*
4641. Richard Wright — *L'homme qui a vu l'inondation* suivi de *Là-bas, près de la rivière*
4665. Cicéron — *«Le bonheur dépend de l'âme seule». Livre V des «Tusculanes»*
4666. Collectif — *Le pavillon des Parfums-Réunis* et autres nouvelles chinoises des Ming
4667. Thomas Day — *L'automate de Nuremberg*
4668. Lafcadio Hearn — *Ma première journée en Orient* suivi de *Kizuki, le sanctuaire le plus ancien du Japon*
4669. Simone de Beauvoir — *La femme indépendante*
4670. Rudyard Kipling — *Une vie gaspillée* et autres nouvelles
4671. D. H. Lawrence — *L'épine dans la chair* et autres nouvelles

4672. Luigi Pirandello	*Eau amère* et autres nouvelles
4673. Jules Verne	*Les révoltés de la Bounty* suivi de *Maître Zacharius*
4674. Anne Wiazemsky	*L'île*
4708. Isabelle de Charrière	*Sir Walter Finch et son fils William*
4709. Madame d'Aulnoy	*La Princesse Belle Étoile et le prince Chéri*
4710. Isabelle Eberhardt	*Amours nomades. Nouvelles choisies*
4711. Flora Tristan	*Promenades dans Londres. Extraits*
4737. Joseph Conrad	*Le retour*
4738. Roald Dahl	*Le chien de Claude*
4739. Fiodor Dostoïevski	*La femme d'un autre et le mari sous le lit. Une aventure peu ordinaire*
4740. Ernest Hemingway	*La capitale du monde* suivi de *L'heure triomphale de Francis Macomber*
4741. H. P. Lovecraft	*Celui qui chuchotait dans les ténèbres*
4742. Gérard de Nerval	*Pandora* et autres nouvelles
4743. Juan Carlos Onetti	*À une tombe anonyme*
4744. Robert Louis Stevenson	*La chaussée des Merry Men*
4745. Henry David Thoreau	*«Je vivais seul dans les bois»*
4746. Michel Tournier	*L'aire du muguet* précédé de *La jeune fille et la mort*
4781. Collectif	*Sur le zinc. Au café des écrivains*
4782. Francis Scott Fitzgerald	*L'étrange histoire de Benjamin Button* suivi de *La lie du bonheur*
4783. Lao She	*Le nouvel inspecteur* suivi de *Le croissant de lune*
4784. Guy de Maupassant	*Apparition* et autres contes de l'étrange

4785. D. A. F. de Sade	*Eugénie de Franval. Nouvelle tragique*
4786. Patrick Amine	*Petit éloge de la colère*
4787. Élisabeth Barillé	*Petit éloge du sensible*
4788. Didier Daeninckx	*Petit éloge des faits divers*
4789. Nathalie Kuperman	*Petit éloge de la haine*
4790. Marcel Proust	*La fin de la jalousie* et autres nouvelles
4839. Julian Barnes	*À jamais* et autres nouvelles
4840. John Cheever	*Une Américaine instruite* précédé d'*Adieu, mon frère*
4841. Collectif	*«Que je vous aime, que je t'aime!» Les plus belles déclarations d'amour*
4842. André Gide	*Souvenirs de la cour d'assises*
4843. Jean Giono	*Notes sur l'affaire Dominici* suivi d'*Essai sur le caractère des personnages*
4844. Jean de La Fontaine	*Comment l'esprit vient aux filles* et autres contes libertins
4845. Yukio Mishima	*Papillon* suivi de *La lionne*
4846. John Steinbeck	*Le meurtre* et autres nouvelles
4847. Anton Tchekhov	*Un royaume de femmes* suivi de *De l'amour*
4848. Voltaire	*L'Affaire du chevalier de La Barre* précédé de *L'Affaire Lally*
4875. Marie d'Agoult	*Premières années (1806-1827)*
4876. Madame de Lafayette	*Histoire de la princesse de Montpensier* et autres nouvelles
4877. Madame Riccoboni	*Histoire de M. le marquis de Cressy*
4878. Madame de Sévigné	*«Je vous écris tous les jours...» Premières lettres à sa fille*
4879. Madame de Staël	*Trois nouvelles*
4911. Karen Blixen	*Saison à Copenhague*
4912. Julio Cortázar	*La porte condamnée* et autres nouvelles fantastiques

4913. Mircea Eliade	*Incognito à Buchenwald...* précédé d'*Adieu!...*
4914. Romain Gary	*Les Trésors de la mer Rouge*
4915. Aldous Huxley	*Le jeune Archimède* précédé de *Les Claxton*
4916. Régis Jauffret	*Ce que c'est que l'amour* et autres microfictions
4917. Joseph Kessel	*Une balle perdue*
4918. Lie-tseu	*Sur le destin* et autres textes
4919. Junichirô Tanizaki	*Le pont flottant des songes*
4920. Oscar Wilde	*Le portrait de Mr. W. H.*
4953. Eva Almassy	*Petit éloge des petites filles*
4954. Franz Bartelt	*Petit éloge de la vie de tous les jours*
4955. Roger Caillois	*Noé* et autres textes
4956. Jacques Casanova	*Madame F.* suivi d'*Henriette*
4957. Henry James	*De Grey, histoire romantique*
4958. Patrick Kéchichian	*Petit éloge du catholicisme*
4959. Michel Lermontov	*La princesse Ligovskoï*
4960. Pierre Péju	*L'idiot de Shanghai* et autres nouvelles
4961. Brina Svit	*Petit éloge de la rupture*
4962. John Updike	*Publicité* et autres nouvelles
5010. Anonyme	*Le petit-fils d'Hercule. Un roman libertin*
5011. Marcel Aymé	*La bonne peinture*
5012. Mikhaïl Boulgakov	*J'ai tué* et autres récits
5013. Sir Arthur Conan Doyle	*L'interprète grec* et autres aventures de Sherlock Holmes
5014. Frank Conroy	*Le cas mystérieux de R.* et autres nouvelles
5015. Sir Arthur Conan Doyle	*Une affaire d'identité* et autres aventures de Sherlock Holmes
5016. Cesare Pavese	*Histoire secrète* et autres nouvelles
5017. Graham Swift	*Le sérail* et autres nouvelles

5018. Rabindranath Tagore	*Aux bords du Gange* et autres nouvelles
5019. Émile Zola	*Pour une nuit d'amour* suivi de *L'inondation*
5060. Anonyme	*L'œil du serpent. Contes folkloriques japonais*
5061. Federico García Lorca	*Romancero gitan* suivi de *Chant funèbre pour Ignacio Sanchez Mejias*
5062. Ray Bradbury	*Le meilleur des mondes possibles* et autres nouvelles
5063. Honoré de Balzac	*La Fausse Maîtresse*
5064. Madame Roland	*Enfance*
5065. Jean-Jacques Rousseau	*« En méditant sur les dispositions de mon âme... »* et autres rêveries, suivi de *Mon portrait*
5066. Comtesse de Ségur	*Ourson*
5067. Marguerite de Valois	*Mémoires. Extraits*
5068. Madame de Villeneuve	*La Belle et la Bête*
5069. Louise de Vilmorin	*Sainte-Unefois*
5120. Hans Christian Andersen	*La Vierge des glaces*
5121. Paul Bowles	*L'éducation de Malika*
5122. Collectif	*Au pied du sapin. Contes de Noël*
5123. Vincent Delecroix	*Petit éloge de l'ironie*
5124. Philip K. Dick	*Petit déjeuner au crépuscule* et autres nouvelles
5125. Jean-Baptiste Gendarme	*Petit éloge des voisins*
5126. Bertrand Leclair	*Petit éloge de la paternité*
5127. Alfred de Musset-George Sand	*« Ô mon George, ma belle maîtresse... » Lettres*
5128. Grégoire Polet	*Petit éloge de la gourmandise*
5129. Paul Verlaine	*L'Obsesseur* précédé d'*Histoires comme ça*
5163. Akutagawa Ryûnosuke	*La vie d'un idiot* précédé d'*Engrenage*

5164. Anonyme — *Saga d'Eiríkr le Rouge* suivi de *Saga des Groenlandais*

5165. Antoine Bello — *Go Ganymède!*

5166. Adelbert von Chamisso — *L'étrange histoire de Peter Schlemihl*

5167. Collectif — *L'art du baiser. Les plus beaux baisers de la littérature*

5168. Guy Goffette — *Les derniers planteurs de fumée*

5169. H. P. Lovecraft — *L'horreur de Dunwich*

5170. Léon Tolstoï — *Le diable*

5184. Alexandre Dumas — *La main droite du sire de Giac* et autres nouvelles

5185. Edith Wharton — *Le miroir* suivi de *Miss Mary Pask*

5231. Théophile Gautier — *La cafetière* et autres contes fantastiques

5232. Claire Messud — *Les Chasseurs*

5233. Dave Eggers — *Du haut de la montagne, une longue descente*

5234. Gustave Flaubert — *Un parfum à sentir ou Les Baladins* suivi de *Passion et vertu*

5235. Carlos Fuentes — *En bonne compagnie* suivi de *La chatte de ma mère*

5236. Ernest Hemingway — *Une drôle de traversée*

5237. Alona Kimhi — *Journal de Berlin*

5238. Lucrèce — *« L'esprit et l'âme se tiennent étroitement unis ». Livre III de « De la nature »*

5239. Kenzaburô Ôé — *Seventeen*

5240. P. G. Wodehouse — *Une partie mixte à trois* et autres nouvelles du green

Composition IGS-CP
Impression Novoprint
à Barcelone, le 10 août 2011
Dépôt légal : août 2011

ISBN 978-2-07-044403-8./Imprimé en Espagne.

184398